1부

성좌(星座)

저건 어쩜 신께서 점자로 새긴 기도일지도 몰라!

어두울수록 모든 이가 더 잘 볼 수 있도록 만든……

물을 위한 서시

모든 것을 덜어내고

오직 *虛心*만 껴안았으니

온 몸이 투명하여

머리에서 발끝까지

정갈함 그대로

다비가 없이도

다 사리가 되어버린

뭇 생명의 첫 살결 같은……

수평선 너머로 쓰는 시

모든 걸 다 내려놓고
초연히 누군가는 걸어갔을 것이다

광대무변이 울타리가 되는
하늘과 평등해지는 넓고 넓은 저 길을……

파도에 부치는 서시

파도가 잘랑잘랑 어디서든

수평을 이루는 까닭은

아래쪽에 있는 물들이

위쪽의 물들에게 덩실덩실

무동을 태워주기 때문이다

끝없는 무동으로 결속하여

무등한 한 세계를 이루기 때문이다

밑줄 너머의 세계

수평선과 지평선은 시야가 닿는 끝자락에 그어진 밑줄

어디에서 보든 그림자가 없는 밑줄

내가 바라보는 방향에서만 보이는 밑줄

시야에 닿은 것이 전부가 아님을 알려주는

늘 그 너머에 광활한 미지가 있음을 상상하라고 그어진

밑줄

끝까지 다 살아봐야 하는 이유

남아 있는 날들은 모두가

기지와 미지 사이에 있다

상처를 진주로 바꾸는 조개들처럼

내가 만나지 못한 나가 그 속에 있다

살아온 기적이 살아갈 기적이 될 때까지[1]

내가 만나야 할 모든 나도 그 속에 있다

---

1 "살아온 기적이 살아갈 기적이 된다고" 김종삼 「어부」의 시구

각 티슈를 위한 서시

자기 살을 다 내어주는

나무의 영혼처럼

자기 속을 다 내어주고

텅— 비워질 때까지

올곧게, 오롯이

결가부좌 풀지 않으며

순결한 기도처럼

기다림의 자세를

조금도 흩트리지 않았으니

허욕 많은 이 먼지 세상에

저보다 더 깨끗하고

고요한 해탈은 없으리라

거울

너는 본다는 것과 비춘다는 것 사이에서

그 무엇에도 빠지지 않으며

오로지… 고요히 면벽 천년이구나!

지렁이의 주검에 부치는 시

찬(讚)도 다비도 사리도 필요치 않는

정갈한 입적이 있다

일생 땅 속에서 살다 땅 속에 스며

흙의 속살이 되고, 흙의 계절이 되고, 흙의 오래된 꿈과

미래가 되는……

우물의 사랑법

우물에 물이 고여 있는 까닭은

부동(不動) 때문이니

어떤 가슴이든 샘이 깊어지려면 움직일 틈이 없다

낙엽과 나목

잎이 지는 것은
비 때문도, 바람 때문도 아니고 중력 때문도 아니다
생의 광휘였던 저 잎들이 지는 것은
비워야 할 때를 알기 때문이요,
비워서 제 안의 흔들림을 멈출 줄 알기 때문이다
멈춤의 시간으로 더 단단해지는 법을 알기 때문이다

나이테

나무가 온 생으로 빚은 만다라

고요히 수만 년을 이어온 전통,

중심과 확장에 대한 넓고 깊은 화두!

오직 자기 안을 잘 들여다 볼 때만 보이는

시간의 차크라 같고, 우주의 압축 지도 같은……

어떤 동심원

나이테에 대한 내 시를 보고

어떤 시인이 말했다

"나의 나이테 속에 새겨진 나의 일생은 어떤 모습일

까?"

평생 시만 바라보고 산 시인께 내가 말했다

그 횡단면을 잘라보면

시의 동심원이 겹겹의 나이테처럼 있을 거라고

사람은 자신이 오래 성심을 쏟은 것을 닮아가는 법이

아니겠냐고

지팡이

수직으로 일생을 산 나무가

죽어서도 수직의 힘으로 다른 이를 부축하는구나

그 수직이 있어

그늘과 푸르름과 새소리가 흘러나왔으니

다시, 수직에 기대어

누워있던 발걸음들이 무수히 살아나겠구나

신화적 시선

별들 사이에 길을 놓아

온갖 별자리를 만든 것은 사람의 시선일 뿐

그 눈길 속에선

수억 광년도 手話 같은 한 뼘 두 뼘 사이일 뿐

아득하고 아득한 거리를 실뜨기하듯 연결했으니

모든 신비로운 이야기는 그러한 시선을 따라 태어났을 터

그 속엔 헤아릴 수 없는 시공과 무량한 고요가 깃들어

있으니

영혼의 잠실(蠶室)처럼 그 시선을 자아내고 자아내어

끝없는 플롯의 첫 페이지 같은 닳지 않는 그 시각으로

온 세상을 신화처럼 보고 싶을 때가 있다

아득한 초탈의 거리에서만 주어지는 광활한 비유적 관

점으로!

더 깊어지는 기도

누군가에게 보고 싶은 사람, 그리운 사람이 되도록
살아가기만 해도 기도하는 것이다
비가 오면 빗소리에 마음 한 폭 젖을 줄 알고,
눈이 오면 꽃처럼 아이처럼 기뻐할 줄 알고
때때로 좋아하는 시 한 편으로 마음 눅일 줄 아는 정취
를 지니기만 해도
기도하는 것이다

나보다 춥고 궁핍한 사람들을
나보다 외롭고 아픈 사람들을 안타깝게 생각하기만 해도
기도하는 것이요,
내가 바라는 세상을 만들기 위해 먼저 첫걸음을 떼거나
나와 같은 사람이 많아진다면 세상이 어떻게 될까를 상
상하기만 해도
기도하는 것이다

일기를 쓰며 복기하듯 하루의 언행을 되돌아 볼 줄 알
기만 해도
　남의 말을 더 깊이 듣고 이해하려는 자세를 견지하기만
해도
　넘어졌을 때 일어서는 기쁨과 성장이 있음을 기억하기
만 해도
　세상과 다른 길을 가더라도 자기 안에 길이 있음을 알
기만 해도
　기도하는 것이다

　별과 별 사이의 무량한 고요와 끝없는 시간에 대한 신비를
　사념에 담기만 해도
　대나무 마디처럼 자기 안의 규율로 절조하는 미덕을 지
니기만 해도
　분수 밖에 허욕을 꺼트려
　자기 안의 고요나 평상심을 잃지 않으려 애쓰기만 해도
　기도하는 것이다

　때때로 내가 누리는 모든 것에 감사하기만 해도

동심원처럼 나 너머에 더 큰 나가 있음을 알기만 해도

모든 곳에 있으면서 늘 내 안에 신이 있음을 알기만

해도

그 이름으로 가끔씩 세상을 축복하기만 해도

우리는 기도하는 것이다

가로등처럼 자기 아래를 밝히며 제 자리를 지키기만

해도

야생화처럼 바람에 흔들리면서도 끝내 제 꽃을 다 피

우며

하늘을 마주하며 웃을 줄 알기만 해도……

내 안을 넓히는 방법

하나의 원을 그리면
안과 밖이 만들어진다

우주도 안과 밖이 만들어진다
나 또한 안과 밖이 만들어진다

동심원을 그리는 나이테처럼
원 안에는 더 작은 원이 있고
원 밖에는 더 큰 원이 있는 법
원 없이 크게 그리면 그릴수록
안은 넓어지고 밖은 작아질 것이다

그 어떤 누구의 마음도
일찍이 하나의 원이 아니었던 적은 없었으니
마음의 테두리가 가없이 넓어지면…, 어쩜

뭇 별들과 광대무변의 영원도 함께 깃들 것이다

선비의 학문에 부치는 시

-퇴계 선생께

당신께 노비가 수백 명이나 있었다는 것을

뒤늦게야 알았습니다

성리학이라는 이름의 고덕담론을 그렇게나 많이 나누

셨으면서

어찌 노비의 삶에 대해선 한 마디 말도 없으셨는지요?

풍부한 시정으로 수천 편의 시를 남기셨으면서

어찌 노비에 대한 시는 한 편도 남기지 않으셨는지요?

그들의 삶은 너무 비천해서

성리학으로 논할 가치조차 없는 것이었는지요?

그들의 삶은 너무 비루해서

한 편의 시에 담기에도 시흥의 결을 헤치는 것이었는지

요?

그런데 어찌 사시사철 그들이 해주는 밥을 먹고

일생 그들이 해주는 노역으로 일상과 편리를 누리며

조금도 버리기를 주저하지 않으셨는지요?

어찌 문서 하나로 사람을 금수의 감옥에 가두고서

자자손손 그들을 재산증식의 중요한 수단으로 여기셨는지요?

이것은 비단 선생만의 문제가 아닐 것이오나

정녕 선비의 학문이라는 게 그런 것이며,

오직 반상의 차별과 이기 속 자락(自樂)의 음풍농월 속에만 시가 있는 것인지요?

제가 미처 살피지 못한 고매한 이치가

겨울매화가 품고 있는 향기처럼

그런 고침(高枕)의 삶에 은은히 깃들어 있는 것인지요?

혹 그렇다면, 정말 그렇다면……

그 향기는 누구를 위한 것인지요?

그 향기를 노비들도 즐겁게 향유할 수 있는 것인지요?

선비의 고상한 학문 덕에 수천 년이 지나면

그들도 당신과 같은 안락한 삶을 누릴 수 있는 것인지요?

세상은 빗금으로 가득하다

친구랑 해운대 도서관에 잠시 들렀는데 차(車) 좋아하는 친구가 "여기도 벤츠, 저기도 벤츠, 또 이쪽도 벤츠…" 지하 주차장에 들어서자마자 다섯 대의 벤츠를 단번에 찾아냈다. 우리동네 공영주차장엔 한 대 있을까 말까 한 벤츠가 빈자리 많은 낮 시간에도 여러 대 주차되어 있었다. 저 차들은 힘이 들어간 어깨처럼 누군가의 선망과 움츠린 어깨 사이로 윤기 날리며 싱싱 달렸을 것이요 또 앞으로도 그러할 것이다. 10년마다 벤츠로 차를 바꾼다는 어느 국회의원의 말과 강남에는 독일보다 독일차가 더 많다는 어느 교수의 말이 떠올라, 이 동네와 저 동네 사이에서 커다란 회색 빗금처럼 쏟아져 내릴 수많은 마음의 낙차들에 대하여 생각해본다. 해안선처럼 굽이지는 인생사 온갖 욕망의 안개 속에 앞으로도 수없이 마주치게 될 다채로운 자본의 경사와 굴곡들에 대하여, 그 끝에 사선처럼 매달려 계속 달려야 할 어떤 빛과 그림자에 대하여……

어떤 생계

고등학교를 졸업하고 군대를 다녀온 후

그는 약국의 판매원이 되었다

아침 8시까지 출근해서 저녁 8시까지 하루 내내 거의
서서 일했다

쉬는 날은 한 달에 고작 이틀뿐……

그는 그렇게 25년 근속으로 붙박이나무처럼 한 자리를
지켰다

힘들어도 힘들다 말하지 않았고

외로워도 외롭다 말하지 않았다

근로기준법이 있든 말든, 나라가 선진국이 되든 말든

그는 자신이 감내해야 할 생계를 위해

묵묵히 그 세계 속에서 잊혀진 계절처럼 모든 것을 견
뎌냈다

모과나무가 온 힘으로 붙잡고 있는 모과처럼

오직 견뎌내는 것만이 그의 희망이자 책무였으므로

봄이 들려주는 이야기

-류시화 시인의 「봄이 하는 일」에 답하여

봄이 찾아올 땐 눈 녹은 물을 먹고 자란

초록 새싹들이 맑은 눈을 뜨고

세상을 보고자 몸을 힘껏 일으켜 세우듯이

봄이 되려면 당신도 꿈꿀 줄 알아야 한다

당신이 봄이 되어 세상에 푸른 새잎으로 걸어가려면

봄이 찾아올 땐 얼어있던 강물이 녹아

잃었던 자신의 발성법을 되찾고

쉼표 없는 안단테처럼 유유히 물소리로 흐르듯이

봄이 되려면 당신도 일상 속에서 노래를 꺼낼 줄 알아

야 한다

당신이 봄이 되어 사람들의 가슴 속에 있는 노래를 녹

여내려면

봄이 찾아올 땐 꽃샘추위 속에서도 만개를 준비하는

노오란 개나리와 유채꽃이,

봄비에 두 팔을 벌리고 기뻐하는 과목들이 제 천분을
되찾듯이

봄이 되려면 당신도 자기 안의 꽃과 열매를 준비해야
한다

당신이 봄이 되어 자신만의 빛깔과 향기로 누군가의 삶
을 기쁨으로 초대하려면

봄이 찾아올 땐 누에가 번데기를 벗고

꽃잎 같은 날개를 단 나비가 되어 날아다니고

개구리와 벌레들과 어린 반달곰이 제 오랜 칩거의 움츠
림에서 깨어나듯이

봄이 되려면 당신도 상념과 집착의 누에고치를 벗고 활
짝 깨어나야 한다

당신이 봄이 되어 자신의 꽃밭과 구름과 하늘을 마음껏
만날 수 있으려면

정녕 온 세상에 봄이 오려면

길 안내하는 길앞잡이처럼 당신이 제일 먼저 봄이 되어

야 한다

당신이 봄이 되지 않으면 당신에겐 끝내 봄이 오지 않을 테니까

당신에겐 늘 당신의 봄이

세상에서 첫 번째 봄일 것이요 가장 중요한 봄일 테니까!

어떤 운명

번개는 얼마나 간절하면
저토록 뜨겁게 온몸으로 말하는 것일까

나무는 얼마나 절실하면
저리도 매일 하늘을 향해 손을 뻗을까

바다는 얼마나 간곡하면
저다지 파도의 외침을 멈추지 않는 것일까

편경(編磬)은 또 얼마나 절박하기에
저렇게 자신을 때려 일생을 울게 하는 것일까

어느 산사

화엄으로 안내하는 바람이
숲 속에 깃들어 있을 것 같은

모든 것을 지워버리고
적멸의 경을 외는 폭설이 있을 것 같은

고요란 고요 다 내려와
달빛과 함께 빗자루에 쓸려나갈 것 같은

처마 끝 풍경이 밤마다 별들을 불러
지상의 이야기를 들려줄 것 같은

불퇴전의 하안거 속에 깜빡 졸아도
불생불멸의 깨우침이 구름처럼 부풀어 오를 것 같은

그늘

그늘은 겹쳐지거나 아무리 포개어져도

들뜨거나 버거워하는 법이 없다

함께하는 순간이 버석거리는 법이 없다

하나가 하나를 온전히 껴안았으므로

하나가 다른 하나 속으로 온전히 스며들었음으로…

어떤 조응들

부모는 자식을 닮고
숲은 나무를 닮는다

파도는 바다를 닮고
그늘은 나무를 닮는다

영화는 감독을 닮고
문화는 인간을 닮는다

눈물은 사연을 닮고
길흉은 인연을 닮는다

소리는 악기를 닮고
사랑은 성정을 닮는다

눈빛은 마음을 닮고

마음은 인생을 닮는다

운명을 비껴갈 수 없는 삶에게

전부터 모래시계가 하나 갖고 싶었다
속이 투명해서
시간이 흐르는 게 선명하게 보이는
시간의 폭포가 들어있는 시계

시간은 자기 안에 고스란히
쌓이고 고이는 것임을 알려주는 시계
시간의 입자가 다 떨어지고 나면
뒤집어져서 다시 새로 시작되는 시계

내 인생이
공(空)에서 색(色)으로
색에서 공으로 가는 하나의 모래시계인 줄 모르고
운명으로 떨어지는 초침들의 미래를 헤아릴 줄 모르고
전부터 마냥 모래시계가 하나 갖고 싶었다

인생이라는 모래시계 속

정해진 시간이 다 떨어지고 나면

시계를 뒤집을 신의 손길처럼

다시 어떤 생이 다가와

전생의 기억을 다 잊게 하고서

처음처럼, 생의 모든 순간들을

다시 숨결처럼 불러와 줄 것이다

시간의 모래알이 또 제 소임을 다할 때까지

시간의 폭포가 모든 순간과 함께 영원에 닿을 때까지

응시의 세계에서 나를 보다

1

하늘이 되어 구름을 보는 것과

구름이 되어 하늘을 보는 것은

어떻게 다를까

바다가 되어 파도는 보는 것과

파도가 되어 바다를 보는 것은

어떻게 다를까

산이 되어 바람을 보는 것과

바람이 되어 산을 보는 것은

또 어떻게 다를까

만상과 마음이 둘이 아니라 하는데

이 시각과 저 시각이 합쳐지게 되면

어떻게 서로를 바라보게 될까

2
삶에서 죽음을 바라보는 것과
죽음에서 삶을 바라보는 것은
어떻게 다를까

내가 되어 천지를 보는 것과
천지가 되어 나를 보는 것은
어떻게 다를까

순간이 되어 영원을 보는 것과
영원이 되어 순간을 보는 것은
또 어떻게 다를까

화엄경을 읽다가 생각해 본다
삶과 죽음이라는 수레바퀴 속에서
나는 무엇을 보고 있는지, 어디까지 보고 있는지……

자아의 신화

모든 사람은 우물을 가지고 있지
생각이라는 우물!
그 우물에서 좌정관천(坐井觀天)하듯
자기확신의 개구리가 되어
자신이 쌓아올린 신념의 벽돌에
일생 갇혀 있는 줄도 모르고……
아주 간혹, 선정(禪定)에 들어
에고의 우물에서 빠져나온 개구리가
우물 바깥에 대해서 이야기해주면
이상한 이야기를 한다고 다들 비웃지

108배 금지령

진불사(眞佛寺)의 주지스님이 신도들에게 불상에 대한 모든 절을 금하게 하고 이렇게 일갈했다

만나는 사람에게 공손히 절하는 마음을 가지지도 못하면서

마음도 없고 지각도 없는 목석이나 쇠붙이에게 108배는 해서 무엇하나

절하는 마음은 낮아지는 것이요, 겸허해지는 것이요, 공경하는 것이니

그 뜻을 일상의 표정에도 담고, 가슴에서 꺼내는 말에도 담고,

발 닿는 곳 어디서나 一動一靜에 담아야 하리라

만약 만나는 모든 이들을 절하는 마음으로 대하지 못한다면

천하를 주유하고도

사람 속에 있는 부처를 만나지 못할 것이니

끝내 불심은 어디에 머무를 것이며,

깨달음은 어느 심지에 불을 붙일 것인가

꿈에서 이 설법을 들었는데, 평소 내 생각과 너무 부합
해서 내가 스님이 되어 한 말 같기도 하고, 아니면 아득한
전생의 내가 한 말 같기도 한데…… 모든 게 공(空)하다
하니 설법도 공할 것이요 절도 공할 것이라, 이 이생의 꿈
에서나 확연히 깨어나야 하리라

초월론자의 기도

-김선우 시인의 「무신론자의 기도」에 답하여

텅 빈 무한의 마음속에

인생만사를 유성우처럼

다 흘려보낼 수 있기를

내가 원하나이다

내가 원하나이다

어떤 구도자에게

가슴에 수평선 하나 올려놓을 것

어느 쪽으로도 기울지 않게

팽팽하게 양쪽 끝을 당겨놓을 것

그 위에 광활한 하늘을 펼쳐놓고

뭇 마음들을 구름처럼 흘려보낼 것

무량한 바람으로 부푼 돛처럼 호흡할 것

하늘 우러러 한점 부끄럼 없기를 바라며

해 뜨고 질 때마다 처음처럼

경건한 자세로 예비를 드릴 것

심해어처럼 고독을 따라

내면 가장 깊은 곳까지 가볼 것

생의 중심에 가장 깊은 수심의 고요를 둘 것

끝없는 파도처럼 늘 생생한 감각으로 깨어있을 것

슬픔과 회한은 멀리 접어두고

밤엔 손난로 같은 달을 걸어놓을 것

물길에 휩쓸리듯 일희일비하지 말고

드넓은 시야를 가지고 생을 바라볼 것

어떤 배가 지나가든 아무 흔적도 없이 초연할 것

달밤

저쪽 세상에서 이쪽 세상으로 띄워 올린 풍등 하나

속귀 같이 밝은

저 안엔 어떤 기원(祈願)들이 오붓이 담겨 있을까

돌 속에 잠긴 꿈

그 절에는 돌로 만들어진 연못과

연잎과 연꽃과 오리 들이 있었다

돌의 꿈속에서 잠자고 있던 것을

어느 석수(石手)가 끄집어낸 것일까

천년을 넉넉히 기다렸기에

다시 천년은 족히 넘어갈 시간 밖으로 깨어나는

돌의 시정(詩情)과 염원들!

저 연잎과 연꽃 그늘 사이로 마음을 재워놓고

돌의 깊고 잔잔한 꿈속으로 물결처럼 거닐어 보고 싶다

저수지

초여름 비가 빗물 저금통을 그득 채워주고 나자
산그늘이 내려와 흐뭇한 얼굴로 종일 들여다보고 있다
새와 구름과 바람이 가끔씩 그 환한 묵시를 흔들어주고
간다

안착(安着)

기장 용궁사에 가면 동전을 던지는 곳이 있다

돌다리를 건너다가 사람들은 발걸음을 멈추고

건너편 연못 아래에 있는 돌함지박에

아치를 그리며 동전을 던진다

그 탓에 동전들이

기원(祈願)의 동지들처럼 수북이 쌓여 있다

무언가를 소망하는 사람들에게

동전은 복을 찾아가는 전령이 되어

새로운 운명에 문을 두드리듯

누군가에게 말을 걸듯 몸을 날려 떨어진다

홀인원을 꿈꾸며 조매로운 마음이 던지는

그 작고 동그란 미끼를 눈 밝은 행운들이 잘 물 수 있기

를……

어떻게 쓰고 있을까

꽃도 쓰레기통 속으로 들어가면 쓰레기가 된다
책도 쓰레기통 속으로 들어가면 쓰레기가 된다

마음도 그렇게 쓰면 그렇게 될 밖에!

봄비축제

옹알이 하듯 새순들이 일어선다
잠자던 숲의 술렁임이 일어선다
이 축제 속에 들어왔다가 나간 이는
누구나 봄비의 마음을 닮는다

소라게에게

일생 집 구할 걱정에서 자유롭겠구나

어디를 가든 집과 함께이나 주소가 수취불명이겠구나

꼭 맞는 침낭 같은 집 속엔 안분지족이 그득하겠구나

바다가 정원인 넓고 넓은 해변은 또 하나의 별채이겠
구나

미필적 자유의 자취가 이정표처럼 늘 생의 그림자가 되
겠구나

속마음

통마늘을 횡으로 잘라보니

꽃잎 여섯 개로 이루어진

연노랑 꽃이 쌍으로 피어나네

구심력과 원심력의 조화가 이룬

만다라가 짝으로 판화처럼 찍혀 있네

공벌레에게

너는 인생 어느 길목에서도
쓰러지는 일이 없겠구나
동그랗게 공이 된 몸은
어디서든 잘 굴러갈 것이니
그런 눈부신 공력으로
생의 모든 쓰러짐과 치우침과 마음의 그림자를
죄다 둥글게 일으켜 세우겠구나

고요한 전언(傳言)

누군가에게 불씨를 전해주기 위해

찬란한 분신(焚身)으로 불후의 혼이 되기 위해

묵언의 안거 속에서 점화만을 기다리는 성냥개비 성
자들

귀환

열정적 빛깔로 오로지

태양과 하늘만 바라보던 해바라기도

씨를 뿌릴 때는

온 몸에 수분을 빼고 고개를 숙인다

떨어진 모든 잎들이 땅의 색깔을 닮아가듯

노란 꽃잎 속에 박혀 있던 씨앗들도

땅의 색깔을 닮아간다

씨앗들이 원천으로 가는 치어처럼

다시 땅으로 회귀하는 것은

제 생의 시작과 끝이

같은 곳에 있음을 알기 때문일 것이다

월식

깊은 어둠 속에 빛나는 반지 하나

아득한 시공을 건너
누구를 위해 부쳐진 것일까

나뭇잎 화석

손바닥에 손금이 새겨져 있듯

1억년 전의 돌의 속살에

나뭇잎 모양과 잎맥이 또렷이 새겨져 있다

오래도록 나뭇잎의 시간을 잘 보존한

고요하고 서늘한 돌의 관(棺)에

1억년 후에 찾아온 슬거운 눈빛과 햇살들이 닿는다

돌의 속살이 된 나뭇잎의 추억을 껴안고

1억년을 기다려온 시간들이 반짝인다

새우 화석

큰 머리와 굽어진 허리와 여러 개의 다리와
길게 쭉 뻗은 더듬이까지
돌 속에 너무나 섬세하게 새겨진 새우 화석이
마치 한 폭의 고운 수묵화 같다
이 속엔 무려 고생대 저편에서 건너온
새우의 자태와 숨결과 생기발랄과
그것을 가장 먼저 그린 화사(畫師)의 손이
5억년 동안 변색 없는 화폭에 함께 들어 있다

어떤 공생

과천과학원에 가면 세계에서 가장 큰 나뭇잎 화석이
있다

사람 키 두 배쯤이나 되는 5천만년 전의 종려나뭇잎!

그 곁에 물고기도 열 마리나 함께 있다

이 커다란 나뭇잎이 물속에서 물고기랑 함께 살다니,

물고기들이 나뭇잎 주위를 바람처럼 마음껏 날아다
니……

5천만년의 고요 속을 건너온 살가운 공생이

초자연적 몽유(夢遊)처럼 화석의 시간 속에 영원히 붙
박여 있다

부활

이미 까맣게 다 불탔으나
온몸으로 다시 뜨겁게 타오르는 숯불을 보아라

물에 젖은 장작 같은 마음아,

새해 첫 택배

-반칠환 시인의 「새해 첫 기적」에 답하여

새해 첫날

나에게 한 살이 도착했다

형에게도, 누나에게도

조카들에게도, 어머니에게도

꽃나무에게도 똑같이 한 살이 도착했다

주문한 적도, 주소를 불러준 적도 없는데

정확히 한날 한시에 모두에게

새해 첫날이 포장도 없이

햇살 리본만 붙인 채 잘 도착해 있었다

고인돌 별자리

커다란 바위에 정연히 새겨져 있는 구멍들

밤마다 자기 자리를 찾아 내려온 별들이

요람처럼 작고 오목한 지상의 좌석에

꿈꾸듯 하늘의 빛과 온기를 부었다 올라간다

이것엔 먼 옛날 옛적

소망이 은하 너머 영원에까지 닿고자 했던 이들의

아슬한 마음들이 지금껏 흐느히 고여 있다

깊이와 크기 사이

수평선은 가장 낮은 곳에 이른 물결이지만

그 가슴에 가장 큰 배를 띄운다

봄을 위한 서시

씨앗 떨어지는 소리를 들을 수 있다면
마른 땅에 봄비 내리듯
귓속이 더 촉촉해지고 살가워지리라

상처 입은 이들에게 반창고 같은
따뜻한 말을 전할 수 있다면
둘 사이의 공기가 좀 더 포근해지리라

호수 지나는 구름 그림자처럼 마음 가벼울 수 있다면
다시 아이 적 눈빛으로
가끔씩 해맑게 미소 지을 수 있으리라

꽃잎 피어나는 떨림으로 모든 것을 접할 수 있다면
일상의 향기가 시작되는 쪽으로
더 자주 눈길을 돌릴 수 있으리라

가장 티 없는 빛깔로 새잎이 돋아나듯

내게 전해진 작은 쪽지를 살며시 열어보듯

새로운 하루하루를 꿈꾸며 살아가리니

아아, 나의 시가 세상을 향해 날아가는

한 마리 고운 새와 같다면

그 부리로 내게 꽃솜 같은 소식을 다시 물어다 주리라

시의 마음으로 살아가는 사람

-류시화 시인의 「내가 좋아하는 사람」에 답하여

시의 마음으로 살아가는 사람은

나무의 집합이 나무들이 아니라

숲의 술렁임이라고 말하는 사람

음표의 집합이 음표들이 아니라

끝없는 노래라는 걸 아는 사람

물방울의 집합은 물방울들이 아니라

호수의 고요라는 걸 발견한 사람

벽돌의 집합이 벽돌들이 아니라 집이듯이

숨의 집합이 숨들이 아니라

따뜻한 생명임을 잊지 않는 사람

시의 마음으로 살아가는 사람은

단어의 집합이 문장이 아니라

심장이 되고 꽃이 되고 바람과 강물이 될 수도 있음을

기도의 집합이 기도들이 아니라

촛불이나 별자리가 될 수도 있음을 기억하는 사람

물감의 집합이 물감들이 아니라 그림이듯이

만남의 집합이 만남들이 아니라

생의 꽃이요 시듦임을 깨우친 사람

순간의 집합이 순간들이 아니라

신의 눈빛임을 믿는 사람

허공의 집합이 허공들이 아니라

무한임을 아는 사람 그리고

그 속으로 들어가는 덧문은

언제나 내 안에 있음을 아는 사람

시심과 시인을 위한 서시

-이시영 시인의 「듣는 사람」에 답하여

1

시심이란 잘 보는 깨어있는 눈인지 모른다

그래야 어느 계절과 상관없이 어디서든

만남과 만남 사이에서

첫눈 나리는 아른한 눈빛을 볼 수 있고

목소리에 깃든 햇살과 새들도 볼 수 있다

아기다람쥐의 낮잠을 깨우고 가는 미풍과

라일락과 버드나무 뿌리에 닿는 봄비의 표정과

동그라미만 편애하는 해바라기밭의 뜨거운 울림과

가슴에 고여 있는 하지 못한 말들의 뒤채임과

멀리 날아가는 풍등 같은 간절한 기원들의 부력을 볼

수 있다

시심이란 아직 오지 않은 말들을 기다리며

사물의 심연과 외연까지를 보는 것인지 모른다

천 개의 빛을 비추는 심장을 가진 프리즘처럼

세상 모든 숲속의 신비를 만나고 가는 파랑새처럼

2

시인이란 잘 보는 사람인지 모른다

그래야 사물의 잠을 깨울 것 같은 눈빛으로

나무들 수없이 베어질 때 지구의 폐가 점점 더 쪼그라

드는 것과

폐수에 허리가 꼬부라진 물고기의 눈빛이 가리키는

것을

백발의 할머니가 길가 좌판 앞에서 꾸벅꾸벅 조는 애잔

함과

움츠린 어깨와 그 어깨를 밀치고 가는 힘센 어깨의 우

줄거림과

신문지면에 숱한 신음과 시시비비가 쉼 없이 들썩이는

것을

어디서든 사람들의 마음은 수많은 벽으로 둘러싸여 있

다는 것과

시류(時流) 속엔 온갖 세뇌들이 도미노처럼 흘러다니는

것을 볼 수 있다

의식의 심층을 들여다보듯 어디서 그 무엇을 보든

더 깊고 섬세하게, 더 따뜻하고 자유롭게 깨어서 바라

보는 사람

시인이란 그러므로 눈이 천 개의 창(窓)처럼 열려있는

사람인지 모른다

그래야 주름 많은 아코디언을 연주하듯

생의 모든 오목과 볼록을 갯벌에 닿는 물살처럼 고이고

이 쓸 것이니

화장(火葬)

죽음이 찾아와 그 안에 든 생명을 데리고 떠나가자

홀로 남은 시신에게 다시 불멸의 화염이 찾아와

뼈와 살의 시간을 모조리 다 분쇄시킨 다음

슬픔이 달라붙던 생의 그림자까지 깨끗이 다 수거해버
렸다

어떤 유골들

역사의 어떤 세기도 가두지도 거두지도 못한

낡은 사념과 분노의 파편들이

여기저기 흩어져 있다

과적으로 침몰하는 방

1년 내내 환기 한번 제대로 할 수 없고, 햇빛조차 제대로 받을 수 없는 반지하방에 유독 폭우만은 쉴 새 없이 스며들어와 문을 열 수도 없게 강력 접착제처럼 밀어붙였다. 끝내 빠져나오지 못한 일가족 세 명은 방에 가득 찬 흙탕물에 목숨을 건네주고 주검만 남겨 놓고 어디론가 떠나버렸다. 폭우가 그치고 고립의 시간은 해제되었으나, 마지막 울음과 비틀어진 비명은 아무도 보거나 듣지를 못했으므로 수거되지 못한 채 물이 빠져나갈 때 함께 다 분실되고 말았다. 늘 지하에 잠겨 있는 그들의 방엔 슬픔의 과적이 눅눅한 운명처럼 그득하였으므로, 빗물이 범람할 때마다 가파르게 기울어져 있는 세상 뒤쪽으로 더 깊이 가라앉았다.

그들의 소외는 어디에나 있다

차체를 떠받치는 타이어로 일생을 살았다

늘 바닥에 닿아 있어

가슴에 붐비는 설움과 신음은 있어도

우리에겐 자신을 보호할 갑골(甲骨)도 갑옷도 없었다

안착이 없는 언저리의 시간 속에서

늘 이리저리 눈치를 보며 숨 죽여야 하기에

생이 겉절이처럼 늘 짠맛에 절어있었다

빗길, 눈길, 자갈길, 흙먼지길 마다하지 않으며

바닥을 온 몸으로 받아내는 우리는

몸이 낡으면 바로 제 자리를 내주어야만 했다

늘 아래를 보며 아래만 접하며 살아야 했고

지시와 명령에 잘 순응하면서 살아야 했다

주저리주저리 하고 싶은 말이 많아도

받침돌이나 누름돌처럼 꾹꾹 눌러 참으며

감당할 수 없는 압력과 속력에

머저리처럼 진저리를 치기도 하고

고달픔이 뼈에 사무치는 생을 살아야 했다

이제 손발이 저린 몸을 포개고서

쓸모가 다 빠져 있는 것들이 모인 폐타이어장에서

무심히 떠 있는 낮달을 바라보며

생의 마지막 시간을 정리하고 있다

수많은 세상 길 아래에서 세상을 뜨겁게 떠받쳤지만

결국은 저마다 소외의 시간을 끌어안고

구심력 없이 망각의 언저리에 밀려나 있는 우리는

어느 골목에 떨어진 비애

25세인 딸을 잃은 아버지는 남매를 홀로 키웠는데, 3년 전 백혈병 진단을 받았을 때 딸이 투병 중인 아버지를 위해 스스로 골수를 기증했다고 한다. 아버지 휴대폰에 '보배'라는 별칭으로 저장되어 있는 딸! '사랑해 아빠, 우리 아빠가 최고야' 딸에게 생일 때 받은 문자를 보이며 아버지는 흐느끼며 말했다. "혼자 어렵게 키운 큰 딸인데, 걔가 날 살리고 가는 것 같아요. 내가 죽어야 하는데… 우리 딸, 하고 싶은 것도 많을 텐데 꽃도 못 피우고 가서 어떡해요."

뜻하지 않게 갑작스레 황망히 이 세상을 떠난 딸도 아버지께 꼭 전하고 싶은 말이 있었을 텐데 그 애끓는 말은 어디 가서 어떻게 받아와야 하나? 침묵의 바위를 쪼개듯 저승의 틈을 열어, 그 살갑던 딸에게 마지막으로 빗물에 젖은 꽃잎 같은 애끓는 문자를 이승으로 한번만 더 하게 할 수는 없을까?

　압사자 159명 중 거의 대부분이 10대와 20대이니……
죽은 자식이 슬플까, 아님 죽은 자식을 먼저 보내야 하는
부모가 더 슬플까. 아, 그것은 오직 찌그러진 할로윈 호박
등 같은 압사 골목을 말없이 내려다보고 있는 저 깊고 깊
은 하늘에 물어야 할 일!

무서운 할당량

1

콩고엔 검은 황금이라 불리는 고무나무가 많았지요

하지만 할당량을 못 채우면 손목이 잘렸으므로

마을엔 손이 없는 사람이 갈수록 늘어갔지요

매질을 당하기도 했는데 의식을 잃거나 죽는 경우도 흔했지요

끝내 고무 채취에 협력하지 않는 마을은

군대가 주저 없이 총칼로 몰살시켜버렸지요

보이는 족족 베어졌음으로 고무나무는 점점 더 사라졌고

할당량을 채우지 못하는 사람이 늘어나는 악순환도 점점 더 심해졌지요

할당량을 채우지 못하면 어린 자녀의 손목도 잘라버렸지요

그래서 마을엔 한쪽 손이 없는 아이들이 수두룩했지요

할당량을 못 채운 사람을 죽이기도 했는데, 그것을 증
명하기 위해

시체의 오른손을 잘라 훈증해서 가져오게 했지요

할당량 때문에 다섯 살 딸애도 죽임을 당한 후 손목이
잘렸지요

할당량을 못 채워 죽으면 다른 사람이 그 할당량까지
채워야 했기에

죽음의 수레바퀴는 곳곳에서 점점 더 빨리 다가왔지요

어느 학자는 그렇게 학살된 사람이 1000만 명 정도일
거라 추산하기도 했는데

그들이 증거인멸을 위해 모든 자료를 다 불태워버렸
기에

그 끔찍한 잔혹사의 수많은 진실 또한 비탄처럼 다 불
타버렸지요

2

그렇게 채취한 고무로 벨기에는 엄청난 부를 축적했
지요

레오폴드 2세는 콩고 통치로 번 돈으로

수도 브뤼셀에 공원과 궁전 등 여러 건축물을 세웠으
니, 후손들은

그를 건축왕이라 부르며 동상을 세우고, 그 이름을 딴
거리도 조성했지요

그들은 '경제발전에 도움을 줬다'는 정신병자 같은 말
만 반복했을 뿐

지금껏 그 어떤 진정어린 사과도, 어떤 보상도 하지 않
았지요

손목이 잘려서 우리 할아버지가 한쪽 손이 없었듯이

아버지도 삼촌도, 엄마도 이모도 한 손은 손목만 뭉툭
하게 남았지요

그런데 아직도 그곳에선

식민통치의 영광처럼 잘린 손 모양의 초콜릿이 판매되
고 있다네요

저 하얀 악마들의 나라에선 지금도 그게 목구멍으로 넘
어가나봐요!

사탕수수 같은 말로 우리를 속였던 그들이 오고부터

평화롭던 마을엔 오직 피의 공포와 절규의 바람만이 맴
돌았지요

하얀 야만인들은 정말 흡혈귀와 같지요

마치 자기 땅인 양 자기들 마음대로 아프리카를 분할
했지요

침략과 강탈로 쌓은 그들의 찬란한 문명은 악마의 거대
한 탑이 아닐까요

그들이 누리는 모든 풍요와 번영과 안락에는

우리 선조들의 피눈물과 죄 없이 잘려나간 수없이 많은
손들이 있지요

용서의 악수조차 할 수 없는 손목들은 지금도 지하에서
통곡하고 있을 것 같아요

손이 없으면 흐르는 눈물조차 닦을 수가 없는데

아아, 하늘은 우리의 원통함을 언제 어떻게 다 풀어주
실까요?

사기 열전을 버리며

1

읽어도 읽어도 사람 죽이는 이야기만 빼곡하다

사람이 무슨 장난감 병정도 아니고

이렇게 인명의 가치가 가벼울 수 있을까

끔찍해서 끝까지 다 읽을 수가 없다

왕의 영광을 위해, 영토를 빼앗기 위해

농민도 징발되어 호미가 아니라 창(槍)이 되어야 하고

영웅의 서사를 위해

복수의 복수를 위해

이름 없는 수천 명, 수만 명, 수십만 명이 하루살이처럼
죽어야 한다

2

살육의 역사는 여태껏 잉크가 마른 적이 없으니

이스라엘이 가지지구에 쏜 미사일에 책 읽던 어린이가

죽어나가고

러시아가 우크라이나에 쏜 포탄에 한 마을이 폭삭 내려
앉는다

저 미사일과 포탄은 역사의 어느 페이지까지 날아가게
될까

어느 페이지까지 날아가 모든 증오와 야욕을 놓고 완전
히 무장해제가 될까

인류의 마지막 미사일과 포탄이 떨어진 지점에서

그 탄피를 박물관에 모셔두고

구덩이를 매우는 흙처럼 새롭게 쓰여지는 열전을 읽고
싶다

타인을 해치는 것이 곧 나를 해치는 것임을 일깨워주는

승자와 패자가 없는 열전을

통곡과 피비린내가 없는 열전을

살육의 영웅이 아니라 사람 살리는 영웅들이 빼곡한

상생과 평화의 지혜가 그득한

짝이 되어야 좋을 것들

소란스러운 풍문이 빼곡한 신문을 접으면서 생각한다

세상을 물감 푼 종이처럼 반으로 접을 수 있다면

모든 마음을 모았다 반으로 접을 수 있다면

동쪽과 서쪽이 합쳐지고

진보와 보수가 결합하고

부귀와 가난이 포개지고

절망과 희망이 뒤섞이고

타인과 내가 하나로 어우러지고

……

허리를 굽혔다 펴듯이

세상을 캐스터네츠처럼 반으로 접었다 펼 수 있다면

낮과 밤이 마주하고 선과 악이 악수하듯

짝짝-짝, 서로 공생의 화음을 만들어낼 수 있을까

기도할 때 두 손이 합쳐지듯

늘 양쪽을 고스란히 비춰주는 데칼코마니처럼

좌우가 한 몸이라는 걸 알 수 있다면

너 속에 있는 나, 나 속에 있는 너를 함께 바라볼 수 있

을까

내 머리 위에 뜨던 별이 네 발밑에서 쏟아나고

네게 건넨 꽃이 나에게 꽃다발이 되어 되돌아오고

내가 쏜 화살은 두 심장에 같이 꽂힌다는 걸 알 수 있

다면

반복된 기도

당신이 심연을 들여다보면
심연도 당신을 들여다본다.
-니체

사람들은 기도한다

저마다 각자도생을 붙들고

합격하게 해달라고

병이 낫게 해달라고

사랑을 이루게 해달라고

더 많은 돈을 벌게 해달라고

다들 저마다

애틋하고 또 간절하게……

자기 안의 심연은 볼 줄 모른 채

제 욕망의 우물 속에 흠뻑 빠져서는

신이 인간과 거래하는

광활한 속물덩어리인 줄 아나보다

통도사 진신사리 시주함 앞에서

붓다는 알았을까

자신의 뼛조각이
천년에 다시 천년을 넘어서도
무수히 많은 이들의
돈과 욕망을
쉼 없이 끌어당기는
찬란한 자석이 되었을 줄을…

의식은 어디에 잠들어 있는가

전세계 부자 85명이

세계 인구 절반과 동일한 부를 소유한 이 지구별에서

나는 도대체 누구일까?

-송경동

쉼 없이 돌아가는 자본주의의 쳇바퀴

무한생산

무한소비

무한경쟁

꺼지지 않는 산불처럼

걸러지지 않은 폐수처럼

이기(利己)의 탐욕과 천박은

사회의 폐부로 계속 번져 가는데

끝없는 부조화와 소외를 양산하는 복제공장에서

저마다 짝퉁 같은 부귀영화만을 꿈꿀 뿐

그것에서 벗어날 생각은 조금도 못해보는 사람들

견고한 무지와 단단한 고착과 확정적 미래 사이에서

어떤 성공에 대한 필사(筆寫)

신상사파 조폭 두목이 죽었는데

서울 시장이 조기를 보내고

양평군수가 조기를 보내고

국회의원이 조기를 보내고

유명 연예인들이 화환을 보내고……

100개가 넘는 화환과 근조기가 근엄하게 도열한 상가

(喪家)

2부

나에게 사랑이 있다면

발자국 화석처럼 고요하게 왔으면 좋겠다

그 화석에 고이는

봄비처럼 왔으면 좋겠다

여섯시 반의 시계바늘처럼 생이 쳐져 있을 때

내 손을 잡고 한 걸음 먼저 움직이는

발걸음처럼 왔으면 좋겠다

바람 불 때 천 개의 귀로 사운거리는 보리밭이거나

새들이 찻잎 같은 소식을 물어 나르는 숲이거나

자신의 색을 내어주면서 기꺼이 함께

그림이 되어주는 파스텔 같은 것이었으면

때로 누룽지처럼 말라붙은 그리움을 씹어보는 혀와

같이

　혹은 적막한 오후의 부뚜막에 있는 불씨이거나

　그 불씨를 깨워줄 손결 같은 것이면 좋겠다

　어디에 놓여 있어도

　뼈 속까지 명징한 유리잔 같은 것이었으면 좋겠다

　내 안에 모든 울음과 쓸쓸함을 동그랗게 껴안을 수 있

도록

　그림자까지 투명하게 서로를 비춰볼 수 있도록

프로포즈

나뭇잎 화석처럼 고요하게 당신을 사랑할게요
마음속에 바람과 구름이 많은 나는
늘 꿈꾸며 수많은 날들을 기다려왔으니

차일을 친 마당처럼 당신께 그늘이 되어 드릴게요
그 그늘에서 당신이 앉아 쉴 때
새들을 불러 당신 마음속의 노래를 대신 불러줄게요

늘 한 자리를 지키고 있는 깊은 우물이 되어
당신의 목마름을 적실 물을 드릴게요
콸콸콸, 쏟아지는 활기를 눈썹 위까지 퍼 올려 드릴게요

당신이 바람에 꽃처럼 흔들릴 때 바람막이가 될게요
당신이 비에 젖어 몸이 떨릴 때 함께 젖는 첫 번째 수건
이 될게요

우리가 어디에 있든

커피를 볶듯 함께할 시간을 볶고

꽃씨처럼 함께할 말들을 모을게요

나뭇잎 화석에 햇살이 비치듯 당신을 껴안을게요

마음속에 빗물과 천둥이 많은 나는

늘 꿈꾸며 이 운명의 날을 기다려왔으니

오래된 거리의 가로등 같은 맹세로 늘 곁에 서 있을게요

당신이 내게 그 아래 벤치처럼 와준다면,

　　당신이 내 가슴에 스미는 허브잎 같은 산소가 되어준

다면

당신께 집이 되려면

1

내가 당신께 집이 되려면 무엇을 해야 할까

딱따구리가 나무에 집을 짓듯이

속을 비워내지 않고서는 집이 지어지지 않을 것이니,

두더지가 땅을 파내고 집을 짓듯이

내 안에 무엇부터 들어내야 할까

내 쪽으로 기우는 이기심일까, 지우지 못한 내적 그림

자일까

서로를 구속케 하는 기대치나 끈적이는 집착일까?

2

당신께 포근하고 튼튼한 집이 되려면

재질은 무엇으로 하고, 골조는 무엇으로 세워야 할까

힘들고 지칠 때 제일 먼저 찾고 싶은 집이 되려면

요람처럼 고요가 사운거리고 햇살처럼 행복이 붐비는

집이 되려면

　구조는 어떻게 하고, 인테리어는 어떻게 하며, 정원은
어떻게 해야 할까

　따뜻한 포옹처럼 당신이 마음까지 넉넉히 담을 수 있는
집이 되려면

3

　재질은 믿음이라는 벽돌로 하고

　골조는 이해라는 강철로 세운 집

　배수시설은 배려라는 관으로 하고

　지붕엔 누수 없는 다양한 꿈으로 잇고

　정원엔 희망이라는 나무가 자라나는 집

　세상 밖 소음을 걸러내는 담장이 있고

　정겨운 대화가 함께 가꾸는 화초처럼 자라나는 집

4

　창을 열면 구름과 하늘이 쏟아지는 집

　처마 아래 빗소리가 고이는 집

　사철 흙과 나무 향이 배어나오는 집

담장으로 덩굴이 푸르게 초록 회화를 그리는 집

마당에 큰 나무가 있어 그늘이 멍석을 깔아주는 집

멀리서 온 바람이 어떤 이야기를 들려줄 것 같은 집

밤이면 마당에 별빛들이 내려와 속살거릴 것 같은 집

5

내가 당신께 집이 되려면

오래 살아도 더 정이 배는 좋은 집이 되려면

내 안에서 무엇을 들어내야 할까

내 밖에서 또 무엇을 채워야 할까

우물이 제 속을 비우고 하늘빛을 담아내듯

당신을 껴안은 내 마음이

당신과 오래도록 함께할 수 있는 아늑한 집이 되려면

화관(花冠)을 바라보며

-미래의 아내에게

마흔아홉 해를 기다렸는데도

당신과의 거리가 좁혀지지 않았으니

얼굴 마주 보기 전에

앞서 가는 마음만

꽃처럼 먼저 보냅니다

그 마음 시들부들 다 시들 때까지

혹 이번 생에서

서로의 거리가 다 좁혀지지 않거든

다음 생에선

짧아진 거리만큼 더 쉽게 만날 수 있겠지요

나의 미인에게

향긋이, 지긋이, 느긋이, 방긋이, 뭉긋이, 씽긋이……
이 나긋한 아이들을 데리고
이 아이들이 만드는 울긋불긋한 계절을 따라
네 눈과 속눈썹 속으로
너의 입술과 말하지 않은 말들 속으로 오긋이 들어가고
싶었다
내 손길이 닿지 않아 아무것도 붙잡질 못했으나
옹긋봉긋한 마음 곁에 늘 살긋이 비껴 서 있는 사람아

초대

1

당신의 날들을 예비하기 위하여

처음 깨어나는 떨림과 떨림으로

바람의 숲처럼 천 개의 눈과 귀를 열겠습니다

숱한 불면들의 밤을 지우고

구름 바라보고 솔바람 소리 외우며

들뜬 마음을 다 묶어놓겠습니다

당신 가슴에서 봄눈처럼 수줍게 녹을 말을 준비하며

징검돌을 놓고 그 끝에서 기다리겠습니다

2

과거를 내다봤던 눈으로 미래를 내다보며

고요히 별빛 내리는 나무그늘에서

당신 팔목에 채울 꽃팔찌를 엮겠습니다

연못을 드럼처럼 두들기는 빗소리를 엮어

당신의 꿈결을 씻을 무릎베개를 마련하겠습니다

나의 기다림은 꽃씨를 품어 안을 땅이오니

당신의 눈부신 날들을 예비하기 위하여

잔설 남은 모든 어둠의 시간을 끌어안고

새벽이 올 때까지 아홉 촛불을 밝히겠습니다

사랑본색

모든 꽃들은 자신을 물들이면서

세상을 함께 물들인다

모든 단풍이 제 몸을 물들이면서

가을을 함께 물들이듯이

사랑이 시작될 때 1

뜨겁게 자꾸

달궈지는 마음들

네 안에서

팝죽처럼 터지는

버터향기 나는

팝콘이고 싶다

주저 없이, 가감 없이

함박눈처럼

순백의 속살로만 닿고 싶다

사랑이 시작될 때 2

지인에게

내가 쓴 단시 「사랑이 시작될 때」를 문자로 보냈더니

이렇게 답장이 왔다

사랑하면

팡팡터지죠

마음도

몸도

주체할수없이~~

제어할수없이~~

오작동

ㅎㅎ

사랑은 팝콘처럼

설렘과 향기를 싣고 무작위로 팡팡 부풀어지는 것

가늠할 수 없는

오작동의 카오스 없이는 깊어지거나 그득해질 수 없
는 것

삶이 놓일 자리

미인과 통화를 했더니

훌쩍 1시간이나 지났다

미인은 시간을 빨아들이는 블랙홀인가

미인 앞에서 마음은

꽃잎 흐르는

애틋한 여울이 된다

여울 소리를 옮겨 적는 필사본처럼

시간의 페이지를

찬찬히 넘기나니

삶이 일기일회의 음반이라면

늘—— 향긋한 미인의 손에 놓였으면 좋겠다

택시

-박지웅 시인의 「택시」에 답하여

내 님이 있는 곳으로 가주세요

그리움이

다신

필요

없는

곳으로

가질 수 없는 사랑

1

보고 싶어도

보고 싶어 하면 안 되는 사람

좋아해도

좋아한다고 말하면 안 되는 사람

사무치게 그리워했어도

그리워했다고 내색하면 안 되는 사람

호수 물결 위를 지나는 바람처럼

한 번 안아 볼 수도,

입 맞출 수도 없는 사람

싱크홀처럼 가슴에 남아

좋아할수록 마음만 더 아픈 사람

엽서처럼 접어서 마음 한켠에
잊혀진 세월처럼 고요히 놓아두어야 할 사람

2
우주에는 1천억 개 정도의 은하가 있고
하나의 은하에는 1천억 개의 별이 있고
1천억 개의 행성도 있다는데

내 사랑이 애잔하다 한들
내 아픔이 크다 한들
얼마나 작고 작은 것일까

어떤 인생사도
먼 물결처럼 다 지나가는 것이니
사랑도 꽃그늘처럼 다 지나가는 것이니

어떤 애틋함도

빛나는 행성이 지날 때 찰나 같은 눈맞춤일 것이니

어떤 슬픔, 서러움도

영겁의 흐름 속에 띄운 작은 종이배 같을 것이니

인연을 바라보는 한 방식

수억 광년 바깥에서 건너오는 별빛을 바라본다

알 수 없는 광막한 시간들을 지나

깜빡이는 속눈썹처럼

우리의 인연도 그렇게 온 것이 아닐까

우리의 눈빛도 그렇게 서로 닿은 것이 아닐까 하면서

기억

내 안에 흔들리는 블랙박스가 산다

오래된 것은 흐릿하거나 까먹어버리고

진실과 사실 사이에서

내 이해와 시선이 포착한 것만을 담는,

자신의 눈을 믿을 만하다고 믿는 렌즈가 돌아가는……

나에게 담쟁이가 필요할 때

고속도로 입구에 있는 방음벽을

담쟁이 넝쿨이 푸르게 껴안고 있다

손에 손을 잡고 어깨에 어깨를 맞대고

벽을 넘어가려는 소음들을 한 움큼씩 붙잡고

오고가는 바람에

푸르게 흔들리며 하루를 건넌다

내가 내 안에 차고 넘치는 소음들을 붙잡으며

황량한 마음 직벽에 벽화를 그리듯

시의 덩굴을 간신히 한 가닥씩 더 더할 때처럼

홀로 읽으면 문득

어떤 깊은 눈빛이 스며 시나브로
시각의 각도를 열어주는 시

구들장처럼 마음이 따뜻해지도록
온기가 내장되어 있는 시

생각이 깊어지는 우물이 있는 듯하여
자꾸 들여다보게 되는 시

그리움을 구름처럼 아득함 쪽으로
좀 더 멀리 띄워 보내는 시

사막여우처럼 웅크린 시간들에
빗물 같은 촉감을 더해주는 시

때때로 이불처럼 끌어당겨
하지 못한 말과 쓸쓸함을 덮고 싶은 시

그래서 무심한 삶의 순간들을
치어처럼 새롭게 깨어나게 하고

첫눈처럼 다시 살아보고 싶게 만드는
연인의 눈동자 같은 시

내가 생의 어둠 위에 별똥별처럼 쓰고 싶었지만
아직 다 쓰지 못한 수많은 시……

조각배

나를 데려다주렴

나로부터 떠날 수 있는 곳으로

삶이 더 가벼워질 수 있는 모든 곳으로!

튼튼한 전망

살아가다와

사랑한다의

사이에

아무도 모르는

움막 하나

짓고 싶다

어떤 태풍이 불어도

쓰러지지 않을

투명한

일망무제처럼……

공에 기대고 싶은 이유

집을 사기엔 턱없이 부족한

통장 잔고를 보다 문득

여기에 0 하나만 더해지면 좋을 텐데…

0 하나만 더해지면 천만 원이 억이 된다

0은 아무것도 없는 것인데

형체도 실체도 없는 것인데

내 잔고에 0 하나만 붙으면 억이 된다

공수래공수거라 하는데

0 하나에 온 마음이 매달려

0 하나를 더하는데 일생이 걸리기도 한다

상처 (喪妻)

사촌형이 아내를 잃었다

형수는 암 투병 끝에 향년 53세로 세상을 떠났다

슬퍼하는 자식들 때문에 내내 태연한 척 하였지만

장례가 다 끝난 다음 날엔 홀로 목이 잠겨 있었다

잃을 아내도 없는 나는 이런 일을 겪을 수도 없는데

있지도 않는 아내의 빈자리가 쓸쓸해서 가슴이 쓰렸다

시간의 빗장을 열고 싶을 때가 있다

순간은 잠시도 멈추지 않는데

네모진 사진엔 멈춤이 들어 있다

멈춤 속에서 찰나는

찬란하게 영원이 되어 고이는 것

순간은 잠시도 멈추지 않고 나를 데리고

어디론가 자꾸 가고 있는데

어떤 찰나가 나를 불러 세울 때가 있다

내가 그것을 기억하든 그렇지 않든

그 찰나는 언제까지나 확고부동 속에 있을 것이다

그때의 마음과 그때의 나를 안고서

그때 그 순간의 공기와 촉감과 영원을 안고서……

내가 때때로 과거와 미래의 징검다리 사이에서

어떤 순간에 구두를 찍어야 할지 망설여 질 때

나는 그 몇 개의 과거들을

작은 우물처럼 들여다보고 있을 것이다

모든 순간들은 결국 나와 잠시잠깐 함께한

어떤 찰나들의 도미노에 지나지 않을 것이므로

그 정지화면들이 낱낱의 필름처럼 내 생의 영화를 완성

시킬 것이므로

나의 삶에게 부치는 시

1
별의 문자로 우주의 신비를 읽는
구도자나 천문학자처럼

노심초사와 와신상담을 갈아엎고
일어서는 텃밭처럼

새들 날아간 눈 내린 숲 속에서
새어보던 음각의 발자국처럼

너와 내가 시간의 징검다리 사이에서
서로 바라볼 때 공기들의 촉감처럼

온갖 설렘과 뜨거운 열망으로 살고 싶었다
하루하루가 빛나는 생의 페이지가 되도록

2

꽃을 탐하는 나비이거나 벌이거나
혹은 꽃의 뿌리에 닿는 물처럼

반가사유로 천년을 건너온 돌부처의
소멸로 깊어지는 묵상처럼

이상과 열망의 오후를 지나
생의 지붕을 바라보는 짙은 어둠처럼

유성우 쏟아지는 칠판 같은 밤하늘에
쓰였다 지워지는 하얀 빗금들처럼……

온 마음을 다해 너를 읽고 싶었다, 나의 모든 날들아!
늘 나의 독해를 저만치 벗어나
빈집처럼 홀로 울고 싶었던 모든 날들아!

두드리는 것

1

비가 대지를 두드리고, 숲을 두드리고

내 창가를 두드리고

마음의 덧문을 두드리고

이런 저런 생각을 두드리다 그리움을 두드리고

저물어 가는 오후의 발걸음을 두드린다

2

시는 빗소리처럼

내 안의 감성의 언덕을 두드리고

계절마다 표정을 바꾸는 강물을 두드리고

너의 눈빛과 목소리는

나도 모르는 내 안의 그림자를 두드리고

꽃의 두근거림을 간직한 나의 연못을 두드린다

3

별똥별은 광활한 밤하늘을 두드리고

밤고양이는 울음으로 밤의 안쪽을 두드리고

귀뚜라미는 구월과 시월 사이의 가을 길을 두드리고

끝없는 파도는 몽돌들의 산란(産卵)을 두드리고

희망은 지나온 좌절과 절망들을 두드리고

내가 그은 밑줄들은 사유의 경쇠를 두드린다

4

언제 어디서든 나를 두드리는 것이 있으니

나를 두드리는 것은 나를 깨우는 것!

잠을 자고 밥을 먹고 옷을 입고 숨을 쉬듯이

좋아하는 책을 읽고 좋아하는 음악을 듣고 영화를 보

듯이

언제나 나 또한 두드리는 것이 있으니

내가 두드리는 것도 언제가 나를 깨울 것이니……

5

바람이 구름문을 두드려 하늘빛을 여는 것처럼

두드리는 것은 언젠가는 열릴 것이다

끝내 어떻게든 열릴 것이다

두드리는 것에는 숨겨진 문이 있기 때문이요

멈출 수 없는 안과 밖의 두근거림이 있기 때문이다

호수가 나에게 들려준 시

물은 더 깊어지기 위해

흐르는 것이다

더 깊어져서 흐를 데가

없는 곳까지 가는 것이다

언제가

내 안에 흐르는 물도 다들

더 아래로 흘러가는 시간과 함께

더 흐를 데가 없는

잔잔한 곳에까지 닿았으면 좋겠다

시가 나에게 올 때

찻잔의 투명한 물 속에서

찻잎이 우러나는 것처럼

시 또한 마음을 우려내는 것이니

그 전에,

순이 고운 것을 따다가

잘 씻어 말려야 할 것이요

추억은 간직하되

과거의 찌꺼기는 다 버릴 것이요

물기 다 빠져나갈 때까지

떫은맛 다 덜어낼 때까지

폭풍 지나간 하늘처럼

불 조절 잘 해가며 고루고루

잘 덖어져야 할 것이니

잘 덖어져서 담담해져야 할 것이니

고뇌를 지운 산그늘처럼

은은한 향이 배인

고요 한 자락씩 담겨야 할 것이니

어떤 자존(自尊)

–생의 기둥에 명문(銘文)을 적다

쇠는 뜨거운 불 속에서

제 몸을 녹여낼 때만 새로 태어난다

단단한 것이 녹아서

더 단단한 것이 되는 길,

붙잡고 있던 틀이 깨어서

무엇으로든 새로 거듭날 수 있는 길

그것은 자신의 전부를 던져

열정과 냉정 사이로 걸어갈 때만 만나지는

속일 수 없는 자진(自盡)과 자락(自樂)의 길이다

겨울비를 위한 서시

겨울비를 아무것도 아닌 예술이라고 한 시인이 있었다
아무것도 아닌 예술이 무료로
온밤 내 수없이 쏟아지는 밤,
아무것도 아닌 예술을 관람하기 위해
아무것도 아닌 무욕의 관객이 되어
홀로 그 속으로 계속 걸어가 보고 싶은 날들이 있었다
겨울비가 겨울비에게로 전하는 말들을 들으려

절벽의 설법

-김선우 시인의 「민달팽이를 보는 한 방식」에 답하여

후회라는 말을 생의 사전에서 지워버린 자는

모두 나와 이심전심의 도반일 것이니

절절한 성벽(性癖)에 달라붙는

어지러운 꿈들일랑 일찍이

비와 천둥과 새소리와 구름그늘에 말갛게 씻어

발아래 댓돌 그림자처럼 묶어 두리라

이유

    술을 좋아하는 친구에게 왜 그렇게 술을 좋아하느냐고
물었더니
    술에 맑은 수평선이 있어서라고,
    그 수평선이 내 안에 들어와 나를 편안하게 한다고……

    술을 못하는 나는, 어떤 수평선이 어떻게 있는지는 잘
모르겠지만
    그의 마음속에 싱그런 바다 한쪽을 열어주고 싶어서
    친구의 잔에 작고 투명한 수평선 하나를 그득 따라 주
었다

수술 앞에서

머리에 피가 고여 어머니께서 뇌수술을 하시던 날
마음이 타들어갔다
그 많고 많았던 날… 잘해드리지 못하고
이제야 남은 날들이 얼마나 될까를 헤아리다니
이렇게 고통과 죽음 앞에서만
함께할 수 있는 삶의 시간들이 더 소중해지다니
꺼져 있던 스위치처럼 눅눅한 자각이 또렷해지다
니……

손을 잡을 수 있는 시간

내가 아직 꼬마였을 때
어머니와 손을 잡고
마지막으로 걸어본 적이 언제였을까
일곱 살 때였을까, 아님 여덟아홉 살 때였을까

마흔아홉에, 뇌수술하신 어머니의 손을 잡고
병원 복도를 천천히 세 바퀴나 돌았다
아픈 이의 손은 더 안쪽까지 닿는 손이어서
따뜻함과 서글픔이 물씬 배어나왔다

그 언젠가는 이 손을 잡지 못할 것이다
그 언젠가는 잡고 싶은 손을 잡지 못하고
기억 속에서 아련한 느낌만을 붙잡을 것이다

그래서 나는 센서 같은 손의 느낌에 더 집중했다

세상에서 내 손을 제일 먼저 잡아주었던 손을

세상에서 내 손을 가장 따뜻하게 잡아주었던 손을

나는 거의 40년 만에 어머니의 야윈 손을 잡고

병원 복도에서 세 바퀴나 걸었다

어머니가 생의 빛처럼 마지막으로 잡아야 할 손과

내가 마지막까지 잡아야 할 손이 거기 함께 있었다

보호자

-김부회 시인의 「빈 칸」에 답하여

아버지 암 수술 직전 보호자란에

내 이름을 적어 넣었다

어머니 뇌 수술 직전 보호자란에

또 내 이름을 적어 넣었다

평생의 보호자를 잃고 내가 보호자가 된 것도 슬픈데

아 나는 자식도 없으니

훗날 그 칸에 또 어떤 이름을 고이 적어야 할까

해가 달을 품는 시간

101호 병동은 뇌수술을 한 분들이 모인 방, 어머니 바로 옆자리 76세 어르신께선 머리에 물 빼는 관을 꽂았는데 82세 남편이 넉 달째 병원에서 간병을 하고 계신다.

개기일식 같은 시간 속에서 불평 한 마디 없이, 끼니때마다 밥 챙겨주고 대소변 다 받아주고, 먹고 싶다는 것도 사다주고 다리도 주물러 주고 저녁이면 좁다란 간이침대에 몸을 웅크리고 주무신다.

힘들지 않으시냐고 여쭈니 자식들은 직장에 돈 벌러 가야하고 여러 달이면 간병비가 수술비와 입원비보다 더 나오니 어쩔 수 없다고 꽃피는 고목처럼 허허 하며 속없이 웃으신다.

남편 덕에 호강하신다고 세상에 이런 부군이 어디 있겠

느냐고 하자 아픈 어르신도 부분식처럼 살짝 웃으시며 내가 젊었을 때 잘했으니 이 정도는 받아도 된다고……

병실이 너무 갑갑해 간병 며칠 만에 시든 상추처럼 시들부들해진 나는 연일 감탄하고 경탄하며 고목이 된 할아버지가 피워내는 마지막 꽃그늘에 자주 눈길을 보냈다. 우리에게 깃든 일식의 시간들이 빨리 끝나기를 바라며, 닿을 길 없는 그 높이에 벗지 못한 무거운 마음 한 벌 걸어보며……

무거운 눈꺼풀

반찬가게 하는 우리집

종일 일하느라 피곤에 지친 어머니가

밤11시 무렵이면 꾸벅꾸벅 졸으셨는데

가게 앞에 잔뜩 널어놓은

각종 찬거리들 걷어들이는 걸 도와주고서 자려고

밀려오는 잠을 잠시 밀쳐놓고

꼬마인 나는 그때까지

무거운 눈꺼풀을 힘겹게 계속 들어올렸다

마지막 노동을 다 거두고

하루의 셔터가 내려질 때까지

내 유년의 아랫목엔

무거운 눈꺼풀 한 쌍이 함께 있었다

술약 심부름

술 좋아하시던 아버지
인생이 뜻 같이 않을 때마다 더 술에 기대셨던
폭음을 장마철 폭우 내리듯 자주 하셨던 아버지

늦은 밤 과음으로 만선이 된 몸은
집 하수구에 정박해 먹은 걸 토해내기 일수였고
그런 다음날엔 나는 어김없이 약국에 술약을 사러갔다

어린 나는 그런 심부름 갈 때마다
아버지가 술을 안 드시길 간절히 바랐다
술이 아버지의 성대볼륨을 크게 높여놓아
집 천장이 들썩거리던 그런 날엔
거머리처럼 붙어서 끝없는 시시비비를 쏟아내셨으므로
어머니의 수많은 눈물과 탄식을 보았던 나는
악마 같은 술이 제발 세상에서 없어지기 바랐다

나는 어른이 되면 절대 술을 먹지 않겠노라고
각오를 수없이 뼈에 새겼던 탓에
내 과거의 원수였던 술에게 지금도 전혀 곁을 주지 않
는데

그런 심부름 한번 한 적 없는 형은
고향집에 올 때마다 조촐한 술상을 준비해 온다
교사인 형은 일과 후의 만찬처럼 가볍게 술을 즐길 뿐
아버지처럼 폭음도 하지 않고 주사도 하지 않는다
술도 이처럼 가랑비처럼 귀엽게 내릴 수 있는 것인데

어쩌다 형을 위해 막걸리를 사러가면서, 문득
술약 사러 가든 시절이 떠올라
먹었던 술처럼 인생을 토해내고 싶었을
아버지의 쓰린 속을 생각한다
그 쓰린 속을 조금이나마 씻어낼 약이 세상에 있었음
좋았을 텐데 하며

아직 태어나지 못한 말들

1

둥지에서 부화를 기다리는 새알처럼

녹기 전 빙하에 숨겨져 있었던 유물처럼

때를 기다리는 말들이 있다

사리 물때를 만난 배처럼 제때를 만나야만 나올 수 있
는 말들 있다

좌우가 딱 맞는 경첩처럼 심정에 맞는 언어를 찾지 못해

갈 길을 찾지 못해 헤매는 물고기 같은 말들이,

태어나기도 전에 망설임의 협곡에 주저앉은 말들이

있다

2

하지 못한 말 때문에 마음이 묶여있을 때가 있다

침묵의 덩어리 속에 넘치는 말들이 있을 때가 있다

후회와 회한으로 밤여울처럼 자울자울 울고 싶은 말들과

파도처럼 끊임없이 밀려와 가슴 기슭에 부서지는 말들
이 있다

언어보다 눈빛이나 표정으로 더 곡진해지는 말들이 있듯

평형수처럼 내면에 계속 고여 있어야 하는 말들도 있고

돌계단처럼 굳어있거나 단계를 거쳐서 오르내려야 하
는 말들이 있다

나날이 닳아가는 숫돌처럼 움푹 패인 말들이 있듯

풍등처럼 불 밝혀 하늘에 멀리 띄워 올려보내고 싶은
말들이……

3

말들이 설익거나, 출구를 찾지 못했을 때

마음 또한 쉬어야 할 곳을 찾지 못했다

허나, 아직 태어나지 못한 말들은

마음의 출구를 찾게 만들고, 만나야 할 나를 찾게 만든다

말이라고 다 말이 아니니, 즐비한 말들 사이

들뜬 기색 없는 돌 그림자처럼

나를 내 안에 가만히 내려놓게 하는 말들이 있다

말들을 담는 마음이 물그릇처럼 고요해질 때까지

나는 아직 깨어나지 못한 말들을 품고 기다린다

겨울 지나 울창해진 숲에 숨이 도른도른 자라나듯

아직 태어나지 않은 무구한 말들 속에

어제의 내가 있었듯 또 내일의 내가 있을 것이므로!

4

누구나 그 내면 속엔 마르지 않는 말의 우물이 있으니

이루지 못한 꿈과 닿지 못한 이상 속에

절망의 밤에서 안개처럼 새어나오던 한숨 속에

사랑이 지나갔으나 아직 여운이 남아 있는 가슴 속에

작별 인사도 못하고 떠나보낸 숱한 인연들 속에

돌아가신 아버지께 전하고픈 편지 속에

내 손을 기다리고 있는 쓰다 만 시의 초고 속에

신께 닿고 싶었으나 아직 응답 없는 나의 간절한 기도
속에

아직 태어나지 못한 말들이 있다

그 태어나지 못한 말들을 끌어안고서 고치 속 누에처럼
웅크리고

가을에서 겨울로 가는 날들을 살아낼 때가 있다

자존(自尊)을 위하여

살다보면, 그래 살다보면

절망이 너무 커서 도무지 껴안을 수 없을 때가 있지

그래도 네가 쓰러지면 모든 게 쓰러져

가여운 나를 위해서라도

너만은 절대 쓰러지지 말아다오

폭풍 부는 날의 버팀목처럼 끝까지 내 곁에 있어다오

떠날 것 같아 더 붙잡고 싶은 날들에 서 있는

흔들리는 자신감아!

우영우 팽나무[1]

1

친구랑 함께 창원에 있는 우영우 팽나무를 보러갔다

평일이었고, 태풍 지나간 다음 날이었는데도

많이 사람들로 북적거렸다

몇 아름이나 되는 나무 밑동엔 짚으로 만든 띠줄이 묶
여 있었고

촛불과 동전도 놓여 있었다

마을을 내려다보는 언덕 위에서 신수(神樹)처럼

푸른 잎의 신앙이 되고 작은 터전의 종교가 된 나무,

그 아득하고 광막한 500년의 세월 동안

이 나무가 만난 숱한 사람은 몇이나 될까

이 곁에 머물다 간 크고 작은 발자국들과

이 울창함에 앉아 생을 노래한 새들과

---

1 '우영우 팽나무'는 인기 드라마 「이상한 변호사 우영우」에 나오는 나무로 사람들이 흔
   히 '우영우 팽나무'라고 일컫습니다.

이 위에 무심히 머물다 간 구름은 몇이나 될까

이 나무 위에 내린 빗줄기와 바람은 얼마나 되며

이 앞에 부어놓은 애틋한 기원(祈願)들은 또 얼마나
될까

이 나무가 매일매일 내려놓은 그늘은 몇 톤쯤 되며

그 그늘 속에서 나눈 사람들의 이야기는 전설처럼 어디
로 다 흘러갔을까

2

밤에 내린 별빛을 보며 이 나무는 어떤 생각을 했을까

폭풍이 몰아쳐서 온 몸이 흔들릴 때는 어떤 생각을 했
을까

물이 말라 목마를 때는 어떤 심정으로 하루하루를 버
텼을까

눈 내리는 겨울날엔 무슨 생각을 하며 홀로 고독을 견
뎠을까

500년짜리 웅대한 침묵을 안고 있는 나무

그가 말을 전할 수 있다면 사람들에게 어떤 얘기를 하
고 싶을까

오래 살았으나 늙음으로 그 품이 점점 깊어지고 커지는 나무

지금도 이 모든 것을 끌어안으며 고고히 침묵 속에 생을 지탱하고 있는 뿌리는,

이 모든 고락이 고여 있을 것 같은 보이지 않는 뿌리들은

어떤 표정, 어떤 마음으로 어떤 꿈들을 꾸고 있을까

넓게 펼쳐진 저 푸른 잎들은 미래의 어느 햇살까지 닿게 될까

살아온 날들의 힘으로 살아갈 날들을 굽어보는 나무

말이 없는데도 다양한 말씀을 전해주고 있는 것 같은

왠지 나를 잠시 내려놓고 마음을 모두어 경건해져야 할 것 같은 나무

나무도 아주 오래되면 신앙이 된다는 말이 무슨 의미인지 알게 하는

뭇 사람들의 영혼의 증조할아버지 같은 높고 큰 나무!

시의 죄를 어디에 물어야 하나

중2학년인 조카에게 물으니
시가 어렵고 재미없다고 한다
아빠가 국어선생님이고
심지어 시 교육론으로 박사를 받은 사람인데
비록 무명이긴 하나 삼촌인 나도 시인인데
그런 혈통인 조카가 시가 어려워서 싫다고 한다

어떻게 하면 시를 마시멜로처럼 쉽게 설명해줄까
어떻게 하면 시를 첫키스처럼 좋아하게 할 수 있을까
생각하다가
그게 내 능력으로 가능한 일인가 싶어
어떤 말을 해주어야 할지, 찾지 못한 말만 입가에 맴돌
았다

실은 시인인 나도 시가 너무 어렵다고

톱밥처럼 읽는 것도 어렵고, 강판(薑板)처럼 쓰는 것도
어렵다고
차마 그런 말은 할 수 없어서
그래도 시란 이런이런 가치와 재미가 있는 것이라고
은어(銀魚)처럼 반짝이는 시심을 가슴속에 부어줄 수
있는
어떤 말이라도 해주고 싶었는데……

중고등학교 교과서에 수록된 시들을 찾아서 다 읽어
보니
내가 읽어도 미로처럼 재미없고 어려운 시들이 어찌나
많은지
그런 시들 뽑아서 교과서를 만든 사람들을 비난하다가
시를 어렵게 쓴 시인들을 원망하다가, 나의 둔재를 한
탄하다가
죄 없는 시의 죄를 어디에 물어야 하지 몰라
조카에게 간단히 일렀다,

'민서야, 다음에 삼촌이 쉽게 잘 설명해줄게!'

가슴에 꽂히는 금빛화살처럼

읽을수록 좋아지는 시의 매력과 가치가 어떤 것인지

다음에, 다음에는 잘 설명해 줄 수 있으리라 애써 믿으

면서

퇴고

완생이 되지 못한 시를 살려보고자
마음을 쥐어짜듯 이리저리 애를 써본다
미생이 된 많은 날들 앞에
소복이 쌓여 있는 내 영혼의 부스럭거림들!

상대성에 기대는 시간

시를 써서 다른 시인께 보였더니
A시인께선 좋다고 호평을 하고
B시인께선 안 좋다고 혹평을 한다
나는 속으로 A시인이 옳았으면 했다

또 다른 시를 써서 보였더니 이번엔
A시인께선 안 좋다고 혹평을 하고
B시인께선 좋다고 호평을 한다
나는 이번엔 B시인이 옳았으면 했다

나의 오늘을 찾아서

-오은 시인의 「나는 오늘」에 답하여

나는 오늘 문

내 안엔 수천 개의 덧문이 있다

닫아도 나라는 문

열어도 나라는 문

오로지 나라는 세계로만 열리고 닫히는

나는 오늘 골목길

쓸쓸함과 남루가 그늘처럼 고여 있었다

몽유(夢遊)가 물안개처럼 번져가기도 하고

머뭇거린 발자국들이 모여 고양이처럼 아옹거리기도

하는

나는 오늘 유성(遊星)

수억 광년 바깥으로 흠뻑 떠돌다 왔다

지상에 그림자를 드리울 수 없는 먼 곳까지 가서

가장 광활한 마음으로 생을 살짝 엿보았다

나는 오늘 화석

그 어떤 간섭도 받지 않고 돌 속처럼 고요하게 잠들었

으니

수백 세기의 적막을 깨고 찾아온 것처럼

나를 깨워줄 사람을 기다렸다

나는 오늘 터널

바다 밑으로 뚫린 유리터널 위로 돌고래가 돌아다녔다

아무도 모르게 그 길로 너를 초대하고 싶었다

나는 오늘 바람

어느 사원을 돌아나오는 산들바람이 되어

사람들의 간절하고 서글픈 기도 소리를 들었으니

그네 눈썹 끝을 스치며 풍경소리 한 자락 얹어주었다

나는 오늘 불꽃

눅눅한 생각들 모든 과거와 함께 다 태워버리려

생의 아궁이에 계속 장작을 집어넣었다

나는 오늘 우물

시를 읽어 가슴에 부으니 마음의 우물이 더 깊어졌다

읽은 시보다 더 좋은 시를 쓰고 싶어 물결이 계속 술렁
였다

두레박을 던져 지나가던 새소리와 구름과 하늘빛을 건
져올렸다

나는 오늘 함박눈

자유로움과 자연스러움으로 쏟아지는 수없는 눈송이로

모든 상처와 부끄러움을 다 덮어두었다

그 속에서 새살이 돋아날 때까지 눈은 녹지 않을 것이다

너도 그러하기를

-미래의 나가 지금의 나에게

1

지나간 시간은 떨어진 눈썹처럼 다시는 오지 않고

잃어버린 과거의 나는 영원히 그 속에 묻히는 것이니

내가 언젠가 그러했듯이

네가 벼락 맞아 깨어진 바위라면

깨진 틈새로 은은히 난초 한 촉 피워 올리기를

네가 첨탑 위의 외로운 피뢰침이라면

번개를 두려워하지 말기를

수직의 전류로 정신의 밑바닥까지 자신을 깨워보기를

네가 바닷가의 어린 게라면 눈동자 높이 꺼내들고

세상을 마음껏 거닐어 보기를

새로운 지도는 내 안에서 만들어진다는 것을 믿어보기를

네가 간이역이라면 지나간 일들은 다 내려놓기를

시간의 유리창마다 칸칸이 새로운 풍경을 담기를

사진을 찍듯 가장 소중한 순간들을 꽃잎처럼 음미하기를

2

내가 때때로 그러했듯이

네가 나무가 되고 싶다면 햇빛 쏟아져 내리는 하늘로

손을 높이 흔들 듯 푸른 잎들을 피워 올리기를

천 개의 바람이 그 잎들로 나무의 노래를 불러주길 바라다면

살다보면 아무도 이해해 줄 수 없는 슬픔이 있으니

네가 깊고 잔잔한 호수가 되고 싶다면

모든 슬픔을 만상을 비춰보는 맑은 거울로 삼기를

슬픔만큼 내 영혼을 깨끗하게 닦아주는 것도 없으니

어떤 꽃도 가식으로 피어나는 꽃은 없고

어떤 새도 거짓 마음으로 날갯짓을 하는 법은 없듯이

네가 꽃이 되고 싶다면 네 색깔과 향기를 온 마음으로
껴안기를

네가 새가 되고 싶다면 스스로의 진실에 모든 날갯짓을
던져보기를

삶의 길이 긴긴 어둠 속에 있다면

홀로 불 밝히고 가는 점등인처럼

그가 밝힌 빛의 둘레에 외로움과 절실함을 세워두기를

내가 때때로 그러했듯이 너도 또한 그러하기를

그리하여 너와 내가 어느 길목에선가 만나 함께 걸어갈
수 있기를

이야기가 하고 싶어질 때

-사물들은 저마다 어떤 느낌으로 말을 전해온다

연못이 하는 말을 들을 줄 아는 사람

슬픔이 하는 말을 들을 줄 아는 사람

아침 해가 하는 말을 들을 줄 아는 사람

구름이 하는 말을 들을 줄 아는 사람

어린 새의 날갯짓이 하는 말을 들을 줄 아는 사람

딱정벌레와 잠자리가 하는 말을 들을 줄 아는 사람

떨어진 잎이 흙에게 하는 말을 들을 줄 아는 사람

해바라기 씨앗이 하는 말을 들을 줄 아는 사람

자작나무숲이 하얀 입김처럼 하는 말을 들을 줄 아는
사람

언덕과 비탈길들이 하는 말을 들을 줄 아는 사람

비오는 날의 나무와 지붕들이 하는 말을 들을 줄 아는
사람

솔숲을 지나는 바람이 하는 말을 들을 줄 아는 사람

온 산을 뒤덮는 안개가 하는 말을 들을 줄 아는 사람

수평선이 모든 물들을 대신해서 하는 말을 들을 줄 아
는 사람

어깨를 맞댄 벽돌들이 하는 말을 들을 줄 아는 사람

깨진 무릎이 하는 말을 들을 줄 아는 사람

눈 내릴 때 겨울나무가 하는 말을 들을 줄 아는 사람

노을 너머 저녁이 하는 말을 들을 줄 아는 사람

수억 광년 사이 별자리들이 하는 말을 들을 줄 아는
사람

비켜선 것들이 하는 말을 들을 줄 아는 사람

시가 하는 말이나 그림이 하는 말을 들을 줄 아는 사람

그 사람과 만나 색연필 같은 정겨운 이야기를 나누고
싶다

가슴에 그득 고여 있는 말들 샘물처럼 떠내며

영혼의 속살이 닿아도 안전할 것 같은 사람과

왠지 생의 파문이 동심원처럼 멀리 번질 것 같은 사람과

자기편

좌파인지 우파인지를 따져 묻는 당신에게

좌파인지 우파인지를 따져서 자기편이 아니면

경계의 장벽을 세워

나를 마음 밖으로 밀어내려던 당신에게

나는 좌파도 아니요 우파도 아니요 오직 학구파일 뿐이니

아무 걱정하시지 말라고 말했다

나는 그런 낡은 의식의 감옥에 갇혀 있을 생각이 없으므로

편 가르기의 치우침과 이전투구에서 벗어나

끝끝내 최고의 문파(門派)인 학구파로만 남아 있을 것이니……

찬란한 죄값

F를 받은 학생이 내게 전화를 걸어 '학생 인생 망치고 잘 먹고 잘 살아라' 대화 끝에 이 한 마디를 하고 전화를 끊어버렸다. 몇 번이나 다시 전화를 해도 받지 않았다.

실력 없이 졸업하면 본인만 더 힘들고 고달파진다고, 나사 열 개쯤 빠진 피노키오처럼 그렇게 대충 살면 그 무엇도 제대로 이룰 수 없다고, 정신 바짝 차리고 열심히 공부하라는 뜻에서 준 F. 학점 인플레이가 너무나 심한 대학을 더 이상 쓰레기통 수준으로 만들 수 없다며 소신의 깃대를 세워 매 학기마다 다른 선생들보다 두세 배씩 남발했던 F학점!

이상한 나라에선 정상(正常)이 정상이 아닌 게 되는 줄도 모르고, 홀로 정상을 고집하며 샌드위치처럼 학교와 학생들에게 아래위로 짓눌리고 욕먹었던 나. F를 받은 학생들의 원망과 비난이 아직도 때때로 내 귀에 잠입할 것 같은데, 죄 많은 나는 학생들의 강의평점 때문에 대학에서 두 번이나 쫓겨나 심장에 가시가 박힌 채로 영영 강단을 떠나버렸으니 이제 찬란한 회한 같았던 나의 죄값은 어느 정도 다 갚은 것일까!

결과를 예견하는 방법

강단에서 수업을 몇 학기 하고 보니 누가 A+를 받을지
누가 F를 받을지 학기 초에 바로 예상이 되었으니…, 그
것은 수업이 반복될수록 어떤 징후와 조짐으로 더 강하
게 다가왔는데 마치 내가 던진 예언처럼 대부분 다 들어
맞았다. 그 징후와 조짐은 단지 수업 태도 하나에 다 들어
있었으므로 나는 매 학기마다 그 징후와 조짐으로 그들의
운명을 예측했을 뿐.

나는 마치 학점이 학생들의 얼굴에 미리 적혀 있는 듯
한 느낌을 받고는 했으니, 지난 학기 F를 받았던 학생이
눈빛과 표정과 자세가 확연히 달려져 있기에… 아 네가
내가 던진 F폭탄을 맞고 정신을 차렸구나 싶었는데 역시
나, 학점 짠 나에게 이번엔 A+를 받아냈다. 나는 내심 고
마워 속으로 축하의 물개 박수를 쳐주었다.

A+를 받는 학생들에겐 A+를 받을 수밖에 없는 이유가 있고 F를 받는 학생들에겐 F를 받을 수밖에 없는 이유가 있었으니, 그것은 눈빛과 표정과 자세로 진실의 음영처럼 반드시 드러나는 법. 허니 성장하는 사람, 성공하는 사람들에게도 반드시 그럴 수밖에 없는 이유가 있으리라.

사람의 모든 양태(樣態)에는 운명의 그림자나 예언의 신령과 같은 어떤 징조나 징후가 은근히 배어있다. 나는 마음가짐과 자세가 모든 것을 좌우한다는 것을, 그것이 자신의 운명을 예언한다는 것을 학생들로부터 배웠다. 마음가짐은 자세를 만들고, 그 자세는 모두에게 자아의 거울이자 삶의 첫 번째 경전이 된다는 것을!

지천명 하루 전의 참회록

잎새에 이는 바람에도 괴로워했던 젊은 시인처럼

눈 내리는 오십령(五十嶺)의 기슭에서

구리거울을 닦듯 참회록을 쓴다

나도 가난하고 외롭지만

더 가난하고 외로운 사람들을 위해

아무것도 한 게 없어

보고 듣는 데마다 옹이처럼 걸리는 게 넘쳐난다

내 가슴에 아직 녹이지 못한 분노의 응어리

욕하며 마음 밖으로 멀리 밀쳐놓은 사람들이 있어

글로 고상한 이야기를 쓸 때마다

쓰는 글만큼 내 실존이 못 좇아가는 것 같아

문득문득 자책과 부끄러움의 화살이 날아온다

평생 책만 읽고 학문의 문을 두드렸으나

선생이라는 이름으로 학생들을 가르치기도 했으나

세상이 밝아지거나 따뜻해지는 데

한 줌의 지성의 빛도 전한 게 없으니, 심지어

나 스스로도 제대로 밝히지 못하였으니

더 없이 높은 깨달음을 얻겠다고

생사의 비밀을 다 알아내어 모든 고뇌를 벗겠다고

마음공부의 길로 일생 힘겹게 달려왔으나

무능과 불우(不遇)로 부모께 불효밖에 한 게 없고

그 어떤 화두보다 무거운 생의 짐들 내려놓지도 못하

였으니

어디에 깨어진 두 무릎을 꿇어야 할까

친구가 너 같은 사람 세상에 없다고 위로해 주었지만

내가 외쳤던 빛나는 이상과 불화(不和)의 파편에 비춰

보면

모든 행적을 지우고 싶을 만큼 부끄럽지 않은 게 없고

발부리에 걸리는 회한의 돌멩이처럼 마음에 걸리지 않

는 게 없다

아, 내 꿈의 숲과 해탈의 언덕은 아직도 아득아득한데

안개가 걷히지 않는 세한(歲寒) 같은 세월에

가슴속 푸른 벼랑엔 천 개의 천둥과 벼락이 살 뿐

저 높은 하늘로 비상하고픈 꺾인 날개와 탄성만 가득
할 뿐

생을 밝혀줄 광활한 불씨 하나 마련하지 못하고서

협곡처럼 곁에 있어줄 그 누군가만 늘 애타게 기다려온
나는

복기(復棋)의 서사

1

인생이 바둑과 같다면

내 마음들은 모두 흑과 백 중 하나였으리라

내전 같은 소용돌이 속에서

어떤 심사가 지고 어떤 심사가 이겼던 것일까

승승장구의 빛나는 생을 위해

어떤 고심이 이기고, 어떤 고심이 져야 했을까

아직도 쓸쓸하고 무지한 오십령(五十嶺)의 입구에서

시시각각 양쪽의 수와 판세를 읽어야 하는 나는

어떤 마음들을 과감히 버리고

어떤 마음들을 살뜰히 껴안아야 하는 것일까

2

판에 한번 놓은 돌을 되돌릴 수 없듯

생의 모든 날들이 그러했으니

묘수나 승부수가 되고자 했던 날들보다

자충수나 무리수가 더 많았던 날들

세상에 지고서 고립되고 버려져

울분과 회한으로 보낸 날 많았으니

깨지 못한 미몽처럼, 생의 나이테

안과 밖으로 다 이해하기는 어려웠네

생이 다해,

그 무수한 날들을 다 걷어내고 나면

어느 저승에선가 복기의 시간을 살뜰히 가진 후

나는 다시 다음 생으로 바람처럼 던져지리라

부고

떠나간 이는 아무 말도 할 수가 없는데

온 삶의 무게가 실린

떨어진 목련 같은 소식이

내 가슴에 툭, 얹힌다

나의 잃어버린 영토

언제든 전주에 놀러오라고
자는 거, 먹는 것
내가 알아서 다 해결해 줄 테니까
걱정하지 말고 언제든 놀러오라고
늘 말하던 대학원 때 친했던 형님

멀어서 한 번도 못 가본 전주
먹고 사는 일에 치이고 묶여
그럼 가야지 한번은 꼭 가야지,
하면서 자꾸 못 갔지만
훗날의 기약 속에 있던 전주가
마치 나의 빛나는 영토 같았다

언제든 놀러오라는 그 말에
먹는 거, 자는 거 걱정 말고

언제든 놀러오라는 그 살가운 말에 기대어
언제든 내키면 영토 순례하듯 찾아갈 수 있는
내 마음의 봉토(封土)이던 전주!

내년엔 무슨 일이 있어도 꼭 가야지 하고 결심했던 그 해
12월, 건강했던 형님이 갑자기 돌아가셨다
장학사 거쳐 교감이 된 지 1년 만에
여생의 계획과 바람, 어린 아이들과 따뜻한 아내까지
다 버리고서

형님이 돌아가시고 이제 전주에 갈 일이 없어진 나는
내 소유권의 빛나는 영토를 영영 다 잃어버린 것 같아
차마 그쪽으로 고개를 돌릴 수 없었다
언제든 놀러오라는 그 말을 다시는 들을 수 없게 된 나는
가슴을 치고 울었으나
그것이 그의 죽음 때문인지
나의 영지를 잃어버려서 그런 것인지 끝내 알 수가 없
었다

기댈 곳 없을 때

1

나는 쓸쓸하고 허전하여 기댈 곳 없을 때

흙벽에 놓인 지게처럼 지친 마음을 내려놓으며

자작나무 숲에 하얀 입김 피워내는 공기에

보슬비 맞으며 사운거리는 연꽃과 연잎에

키 크고 잎 무성하여 멍석그늘 내어주는 나무에 기댄다

2

쓸쓸하고 허전하나 어디에도 기댈 수 없을 때

곡절 없이 깊어지는 산과 골짜기는 없다는 말에

수평선으로 응집되는 파도들의 광활한 말들에

회색 벽을 푸른빛으로 덮어버리는 담쟁이의 결연함에

모든 시간을 덮을 듯 내리는 함박눈의 초연함에 기댄다

3

곁에 아무도 없어 어디에도 기댈 수 없을 때

빗소리처럼 내 안에 고이는 홀로 흥얼거리는 노래에

책장을 넘길 때 느껴지는 종이 냄새와 낱장의 감촉에

자신을 다 내어주면서 다른 이의 심사를 대변하는 연
필에게

과거에 묻혔으나 아직 내 가슴에 살아있는 네 눈빛에
기댄다

기댈 곳 없어 쓸쓸할 때 등과 어깨를 내어줄 누군가를
기다리며

가만히 내려놓는다

1

날아간 풍선들처럼 가슴에 희망이 줄어들 때

해바라기밭이 쏘아 올리는 노란 동그라미 폭죽의 눈부
심에

마음을 내려놓는다

세속의 욕망에 무릎 깨어져 흔들릴 때

절벽 끝에서 자라난 장송들의 높은 기취와 울창함에

마음을 내려놓는다

세상에 부합하며 좀 쉽게 살고 싶을 때

꾸불꾸불하나 아래로 모든 걸 건네고 흘러가는 석간수
의 정결함에

마음을 내려놓는다

갈망과 조급함에 시야가 좁아질 때

움트는 수많은 씨앗들과 그 씨앗들을 뿌린 손들에

마음을 또 내려놓는다

2

곡절이 너무 많은 인생이라 생각될 때

배꼽 예쁜 감자와 고구마를 잘 키워낸 비탈밭의 꿋꿋

함에

마음을 내려놓는다

반복되는 일상에 지쳐 시간이 시들부들해질 때

숲속 눈밭에 찍힌 새 발자국의 발랄함과 자유로움에

마음을 내려놓는다

생활의 짐 버거워질 만큼 무거워질 때

늘 아래쪽에 있지만 세상을 돌아가게 하는 동그란 바퀴

들에

마음을 내려놓는다

내 안에 나 아닌 것들이 너무 많아 흐려질 때

하늘빛 고여 있고 흰 구름 떠가는 깊고 잔잔한 호수에

마음을 다시 내려놓는다

분갈이

묵난을 그릴 때처럼 내면 속에

그림 속 휘어진 잎과 같은 비유를 치다보면

난처럼 마음의 촉이 시나브로 자라난다

일상의 틈을 깨고 조그만 향기가 배어나는 시간

과속 중인 일과에 양손 모아 괄호를 치고

슬거운 눈빛 아래로 새 시를 살포시 꺼낸다

시 쓰는 밤
-마흔 아홉의 제야(除夜)에

은유는 몽상으로 타오르는 시의 촛불

그 촛불로 마음 한 켠 밝힌다

심지에서 심지로 불씨를 옮겨 부으며

그 촛불들을 가슴 앞에 세워둔다

밤에서 밤에게로 가는 시간의 응답에

아득히 번져가는 내 꿈들을 오래도록 비춰보느니

처음으로 가득한 세상

새우를 좋아하는 내가
마흔하나에 처음 먹어본 깜풍새우
얼마나 맛있던지 속으로 되뇌었던 말
'아 이걸 안 먹어보고 죽었으면 어쩔 뻔 했을까'

한식은 물론이요 전 세계 각국의 음식까지
세상에 내가 안 먹어본 음식 얼마나 많고 많을까
그 숱한 음식들은 언제나 내게
미지의 장막 속에 있는 싱싱한 처음이리라

타로 마니아인 나는 타로덱을 50여 가지나 익혔지만
세상의 타로덱은 천 가지가 넘으니
내가 아직 배우고 익히지 못한 타로덱은
또 내 앞에서 언제나 수많은 처음으로 펼쳐지리라

평생 책만 보고 살았지만

아직 읽지 못한 책은 언제나 새로운 미지요 끝없는 처음이리라

내가 가보지 못한 장소, 가보지 못한 길도

처음 만나는 사람이 가지고 오는 시간들도

죄다 생생한 처음들을 함뿍 머금고 있으리라

청춘은 끝났으나 오늘은 내 생에 처음 마주하는 오늘

19999일째 나도 태어나 지금 처음 경험하는 나

세상은 늘 끝도 한도 없는 처음으로 가득한 것

인생은 처음이라는 파도가 끝없이 밀려오는 바다

운명을 껴안고 있는 뽑아야 할 타로 카드처럼

내 앞에 느런히 펼쳐져 있는 처음들의 꿈틀거림!

나는 처음으로 가득한 세상에서

새로운 핀을 찾아 처음이라는 도미노를 또 하나 굴려본다

그 처음이 처음으로 생의 마지막에 도달할 때까지

개화를 위하여
-시를 쓰는 이유

마음에 사무치는 게 시의 꽃봉오리이니

그리워도 닿지 않는 눈빛과
간절함으로도 이루어지지 않는 꿈들을 위하여

사무치는 모든 것에
물과 햇살과 숨결과
다시없을 눈길을 함뿍 부어 주리라

사무침이 간절함의 벨트가 되어
기울어진 날들을 일으켜 새울 때까지

달빛 스미는 나무그늘처럼
고요히 지새운 날들을 위하여
생의 새살이 자라듯 모든 어둠이 다 걷힐 때까지

더 넓은 세계를 꿈꾸며

빼곡히 쌓여 더 꽂을 데도 없는데
늘어가는 책으로
방이 더 좁아진다
평생 한 번도 부자되기를 바란 적 없었는데
문득 집이 좀 넓었으면, 방이 좀 컸으면
책꽂이가 좀 많았으면……

어쩜 내 내면의 공간도 그러했으리라
부질없는 시비분별만 가득하여
애면글면했던 응답의 시간 속에서
나 하나를 담기도 벅차서
차고 넘치는 슬픔을 달래기도 버거워서
자주 비좁고 갑갑할 때가 많았으니

어떤 생애

제 생을 다 바쳐

끝까지

할 말을 다 하는

몽당분필을

보면서

타인을 위해

기꺼이

할 말을 다 하는

이들의

숭고한 정신을

생각해본다

자신을

내주어야만

쓸 수 있는

하얀 말들을

동상이몽(同床異夢)

머리 깎으러 미용실에 갔더니

소파에 5만원 지폐가 잔뜩 그려져 있는

돈방석이 깔려있었다

돈방석에 앉아본 적도 없고

앉아볼 일도 없는 나는

태어나 처음으로 돈방석에 흐뭇하게 앉아

좋은 집으로 이사 갔으면 하는 평소 소망을

아득히, 아득히 떠올려 보았다

꿈꾸듯 미래로 항해케 하는 방석쪽배를 여러 척 구입
해서

지인들께 나눠줄까 보다

아빠와 딸의 국수

고1 여고생인 조카가
먹다 남긴 국수를
형이 서슴없이 먹길래
조카에게 물었다

아빠가 네가 남긴 국수를 먹는데
아빠가 남긴 국수를
너도 먹을 수 있겠냐고
"아니요…!"

아빠는 딸이 남긴 국수를 먹을 수 있는데
딸은 아빠가 남긴 국수를
먹을 수 없다는 사태를 보면서

"짝짝―짝……"

입으로 어미가 주는 먹이를 받아먹고 자라는

세상 모든 새끼 새들을 생각하면서

나도 흔쾌히

아버지나 어머니가 남기신

국수를 먹을 수 있을까 생각해 본다

육친(肉親)의 맛이

더 배어있을지도 모르는 그것을

결심

도토리가
1200배의 참나무가 된다는 얘기를 듣고

뻥튀기처럼
나를, 내 마음을 120배라도 부풀릴
뭐라도 꼭 해야겠다는 생각을 했다

인생을 1200배 참나무가 되게 하는 일
그것은 아름다운 꿈과
하루하루의 발돋움을
포기하지 않는 일에 있을 것이니

비가 오지 않을 때도
태풍이 지나갈 때도
한파와 서리에 몸서리 칠 때도

구겨진 세월을 다림질하듯
끝까지 내가 나를 믿어주기로 했다

더 자랄 수 있는 웅대함을
더 펼쳐질 수 있는 찬란함을
아직 도착하지 않았으나
시시각각 다가오고 있는 미래를
바다에 닿는 유장한 강물처럼
끝까지, 끝까지 믿어주기로 했다

겨울 지난 첫새벽 까치소리처럼
나도 모르는 나를 깨우기 위하여
빛나는 내일의 내일을 깨우기 위하여
나라는 도토리 속에
참나무의 모든 것이 이미 있음을 믿어주기로 했다

긴 긴 기다림 끝에 찾아오는 최후의 나이테처럼
그 동심원 속 튼실한 고요와 평정과 결속처럼
겹겹으로 껴안아야 할 아름드리 수직의 시간을 예비하

기 위하여

1200배로 일어선 수직이 드리울 높은 푸르름과 넓고
살가운 그늘을 위하여

휴가 별곡

화천으로 3일 동안 휴가를 다녀온 지인께
나도 화천 한번 가보고 싶다고 문자를 했더니
이렇게 답글이 왔다

    네
    첩첩산중
    나무나무나무나무
    계곡계곡계곡
    별별별별
    바람바람바람바람
    입니다~~

언감생심 휴가 갈 생각도 못 해본 나는

첩첩생계

공부공부공부공부

고민고민고민고민

일일일일

지침지침지침지침

이라서…

내가 좋아하는 것들 가득한 화천에서

첩첩산중

나무나무나무나무

계곡계곡계곡계곡

별별별별

바람바람바람바람이랑

야생 차밭처럼 사운거리며

대설주의보가 산맥을 넘어오듯

물살을 가르며 산천어 비늘이 햇살에 빛나듯

쌩쌩하게 마음껏 놀아보고 싶었다

마음에게

네가 내 모든 것을 다 알겠구나

내밀한 모든 바람과 좌절과 치부까지

소리 없는 공명통처럼

내가 너에게 보내는 건 다 나에게로 돌아오겠구나

모든 순간을 이끄는 너는

나의 깨어지지 않는 거울이요

밑 없는 투명한 생의 보자기니까!

낮아진 사람을 위하여

꽃향기를 맡으려면 허리를 숙여야 하듯

나무를 심을 때도

떨어진 물건을 주울 때도 허리를 숙여야 한다

씨앗을 뿌릴 때 허리를 숙여야 하듯

곡식을 수확할 때도 허리를 숙여야 하고

상대에게 경의를 표할 때도 허리를 숙여야 한다

오로지 태양만 바라보던 해바라기도

허리를 숙일 때 씨앗을 땅에 떨군다

혹한의 위기 속에서

새끼를 살리기 위해, 껴안기 위해

어미 펭귄이 허리를 숙이듯

아름다운 사람이 되려면

산그늘처럼

지게등받이처럼

허리를 잘 숙일 줄 알아야 한다

겸허함의 대지는 낮은 마음 없이는 닿을 수 없으므로

마음의 스프링을 잃으면 생의 탄성도 약해질 것이므로

시가 시인에게 전하는 말

무엇보다,

따뜻하게 말하는 법부터 배워보세요

따뜻하게 말하는 입술에

꽃씨처럼, 그 꽃씨를 옮겨주는 바람처럼

모든 말들을 담아보세요

같은 말도

꽃이 될 수도 있고

돌멩이가 될 수도 있지요

산들바람이 될 수도 있고

서리나 혹한이 될 수도 있지요

둘레 없는 언어의 우물 속에

시의 두레박을 던지듯

따뜻하고 속 깊은 말들을 건져 올려

나비처럼 일상의 입술에까지 활짝 올려놓아보세요

따뜻하게 말하는 법을 익히지 못하면
내면의 깊이와 폭도 생기지 않을 것이요
따뜻한 사람이 되는 법도 배우지 못할 테니까요

비록 언어의 우물은 마르지 않겠지만
머리로 잘 꾸며서 쓰는 시는 쓸 수 있겠지만,
가슴에서 뼛속까지 닿는
유리병처럼 투명하고
산그늘처럼 진솔하게 스미는
진짜 따뜻하고 아픔다운 시는 쓸 수 없을 테니까요
　시와 삶과 사람이 하나가 되는 시는 결코 쓸 수 없을 테
니까요

끝내 못한 말은 어디로 갈 것인가

-심리상담실 이야기

강박성성격장애가 있는 남편

청결강박이 있어,

살림 못한다고 사사건건 솔바늘처럼

지적질하고, 잔소리하고, 폭언으로 화내는 남편

이런 일이 10년 넘게 반복되다 보니

우울증과 무력감과 수치심중독이 심해진 아내는

자책과 절망의 쳇바퀴 속에

하루하루를 한숨으로 버티고 있었다

"당신에겐 강박성성격장애가 있으니, 상담을 받아야

한다"라는 말을

남편에게 꼭 해야 한다고 수없이

설명했지만 또 설득했지만

남편의 분노가 두려워서 이 말을 끝내 하지 못한 아내

어린 아들에게 상처를 줄 수 없기에
이혼도 할 수 없다는 모성 깊은 아내

시시때때로 폭언의 가시를 세우는 고슴도치남편 곁에서
이럴 수도, 저를 수도 없어
출구 없는 미로처럼
누적된 가스라이팅에 중독되어
창살 없는 상처의 굴레 속에 갇힌 고슴도치아내

그녀를 설득하다, 설득하다 진이 다 빠진 상담가
심장에 박힌 무수한 가시들을 뽑아내듯
그 두려움과 상처와 고착을 다 뽑아내고 싶었지만
뜻대로 안 되어 속이 물러터진 시간들……

블랙홀 같은 생의 늪을 지우고
판화에 고속도로를 새기듯
인생에 희망의 고속도로를 시원스레 내주고 싶었지만
바퀴 터진 자동차처럼 무력감에 쓰러진 상담가

이런 사태는 꿈에도 모르고

진짜 알아야 할 것이 무엇인지도 모르고

적절한 타이밍을 찾아 또 짜증과 잔소리를 쏘기 위해

지금도 분노의 활시위를 붙잡고 있을 참 서글픈 고슴도

치사내

고난의 황금률

편히 흐르던 물도 큰 낙차를 만날 때 폭포가 된다

큰 낙차 없이
인생이 심오해지는 법은 없으리라
백척간두에서의 진일보가 가장 빛나는 한 걸음이 되
듯이

일념에 대한 필사

전심전력으로 기어이

폭포를 거슬러 오르는 열목어처럼

백년의 설렘과 기다림을 다스려

한번 피어나는 용설난이나 소철꽃처럼

필생에 필사적인 것 하나는 꼭 있어야 하리라

가슴으로 스며들 때

지인에게 체험의 중요성을 이야기하며
박준의 시 「마음 한철」을 소개했더니
이렇게 답글이 왔다

와

와

진짜

이게

시

군요

와

부연설명이 필요없이

가슴으로

훅 들어오네

이 문자의 우묵함처럼

뭔가 좋을 때는 많은 말을 구하지 않아도 된다

가슴이 절로 진동하니까,

뭐든 절정일 때는

시든 사랑이든 풍경이든 훅 들어오는 법이니까

생각할 뜸 없이, 머뭇거릴 틈 없이⋯⋯

기억하는 말[2]

생이란 오롯이 타버려야 하는 불꽃이라는 말

사랑은 인간의 생명 속에 살아있는

가장 뜨거운 숨결이라는 말

비상은 언제나

바닥에서 태어난다는 말

오직 간절함

그 안으로 동이 터 오른다는 말

새가 하늘을 날 수 있는 것은

자신 안에 하늘을 가지고 태어났기 때문이라는 말

---

2 인용 시구의 시인은 순서대로 '오세영, 문정희, 천양희, 신달자, 류시화, 이재무, 박노
해, 도종환, 강은교, 주용일, 송경동, 정현종, 박용재'입니다.

달아오르지 않으므로 절실하지 않고

절실하지 않으므로 지성을 다할 수 없다는 말

좋은 사회로 가는 길은 없으니

좋은 삶이 곧 길이라는 말

실천할 수 있는 만큼만

몸이 쫓아가는 만큼만 정직하게 소리쳐라는 말

가장 큰 하늘은 언제나

그대 등 뒤에 있다는 말

바닥이 없다면

호수는 하늘을 담지 못하고

우물은 목마른 이의 갈증을 풀어주지 못한다는 말

사랑은 한번도 늙은 채 오지 않고

단 하루가 남았더라도

우린 다시 진실해질 수 있다는 말

자기를 벗어날 때처럼

사람이 아름다운 때는 없다는 말

　사람은 그 무언가를 사랑한 부피와 넓이와 깊이만큼
산다는

　그 만큼이 인생이라는 말

　누군가 꽃대처럼 밀어 올렸으나

　먼 곳에서 날아와 깃든 새의 날개처럼

　내 안에서 생명의 무늬로 여전히 머물고 있는 말

부동(不動)

기둥이 움직인다고 생각해봐

디딤돌이 움직인다고 생각해봐

나무뿌리가 움직인다고 생각해봐

밑그림이나 기준점처럼

움직이지 않아야

마음을 내려놓을 수 있는 게 있으니

나의 기도와 믿음이여, 네가 흔들리지 않기를

나의 사랑이여, 너도 흔들리지 않기를

우물의 기도

가장 낮은 곳에 물이 고인다는 것을 알기에

나의 자리를 부끄럽게 여기지 않게 하시고

낮은 곳에 있지만 늘 열린 마음으로 살아가게 하소서

내 안에 늘 맑은 물이 고여 있게 하소서

목마른 이에게 언제든 물을 전할 수 있게

어떤 이가 두레박을 던져도 거부하지 않게 하소서

내 가슴에 하늘과 바람과 별이 지나가게 하소서

일렁이는 물결에 하늘과 바람과 별의 말들이 젖어

해와 달이 바뀔 때마다 영혼의 빛이 더 충만케 하소서

내 안에 나를 비춰줄 거울이 있어

다른 이들이 나를 들여다 볼 때 깊이 교감할 수 있게

하시고

그 교감과 속 깊은 대화로 나를 더 성장케 하소서

예전에 그러했던 것처럼 수없는 낮과 밤이 오고 가고
수없는 계절이 다시 지나갈 것입니다
어떤 발걸음은 오고 또 어떤 발걸음은 떠날 것입니다

찾아주는 이 없을 때도 기다림의 자세를 잃지 않게 하
시고
분수 밖에 것에 얽매이거나 한눈팔지 않게 하소서
내 빛과 어둠을 있는 그대로 받아들이고 사랑할 수 있게
나를 내려놓은 시간 속에서 자기 안으로 더 깊어지게
늘 깊은 침묵과 묵상 속에서 평정과 자락을 얻게 하소서

기울어짐에 닿은 시간

"정상적인데서 한 걸음 비켜서 보세요. 철사를 가만히 곧은 채 두면 그냥 철사예요. 그런데 예술작품을 만들려면 구부리기도 하고 막 구기기도 하고 그러잖아요. 글도 마찬가지 아닐까요? 세상 사람이 다 아는 재미 말고 나만 아는 재미 이런 거 발굴하셔야 재미있는 시가 됩니다. 모범적인 생각에서 조금 기울어지세요. 지구도 기울어져서 돌고 있잖아요."

어느 선배 시인께서 내 시에 이런 평을 주셨다. 정상적이고 모범적인 생각만이 정답이라고 여겼던 나는 난초 잎처럼 마음이 살짝 기울었다. 사랑이 연인의 어깨 쪽으로 고개를 기울게 하듯 기울어야 멋이 나는 게 어디 한둘이겠는가. 술병도 기울어져야 술잔에 술이 채워지는 법이니 나도 이제 가끔씩 기울어져 보리라. 사선을 그리는 별똥별처럼 시대에서 한 걸음 비켜 선 사람은 자기 각도에서

또 다른 세계를 볼 것이며, 절기를 만드는 지구처럼 사시
(四時)에 마음이 기울어져서 도는 사람은 그런 시를 빗살
무늬전등이 쏟아내는 빛의 빗살무늬처럼 수없이 써서 피
사의 사탑처럼 또 다른 명물이 될지도 모를 일이니…….

너와 달라도 상관없는 이유

시인들의 시가 정신 나간 사람의 헛소리 같다

우아하고 고상한 횡설수설의 잠꼬대 같아

더 이상 그런 시집을 읽을 수 없을 것 같다

현실에선 미친 놈 취급받을 말들이

시에서는 비약의 날개를 타고 예술적 미덕이 되는 것
일까

그 현란한 종횡무진의 날개가

세상에 넘쳐나는 상처와 아픔과 어둠을 껴안으며

만인의 가슴에 숲처럼 도달할 수 있을까

그들만의 꽃잔치가 주류가 되었다 하여도

살짝 미친 것 같은 사람의 입을 닮을 수는 없기에

세상사 정상 아닌 것이 수도 없이 많기에

쓸쓸의 곁에서 쓸쓸의 그림자를 따라가더라도

설령 내가 정상에서 비껴서 있거나 모자란 사람일지
라도

동의하지 않을 자유, 거부할 자유,

소외되거나 고독을 감당할 자유, 다른 박자로

세상과 시대로부터 몇 걸음 물러나 초연히 있을 자유

내게 있으니

그 횃불을 켜고 오롯이 나의 길을 찾아 가리라

이미 있는 길이 아니라, 새로운 길을 찾는 것이 나의 천

명이리니

내가 걸어가는 발자국만큼이 나의 유일한 길이요

내가 선택한 자유만큼이 내 영혼의 평형수일 것이니

시는 무엇이 되기를 바랄까

출판사에서 시집 출간에 대해

내일 다시 이야기하자고 했다

기획출판을 하고 싶지만 판매가 어렵다고 해서

내가 100만원을 지원하겠다고 했다

무명 시인에겐 이런 기회마저도 너무 감사한 일이어서

그 돈으로 출판사의 부담을 조금이나 떠안을 수 있기를

바라면서

밤새 마음이 설렜다

종일 기다렸던 전화가 해질 무렵 도착했다

상금이 천만 원인 문학상공모전에 투고해보라는 말에

바람 빠진 마음이 잠시 막막했다

시집 발간은 공모전이 끝난 이후에 다시 생각해보자는

말에

내 시가 바닥에 떨어진 물컵 같아 잠시 서러웠다

공모전울렁증과 낙선후유증후군을 가지고 있는 내게

공모전 이후에 다시 생각해보자는 말은 깨진 작은 거울
같았다

희망과 비전을 얘기해도

실패회피증후군이 출몰하는 무명의 서러움밖에 없는
가슴이라

조롱박처럼 속 비우고 마음을 진정시키고 달래며

이 빛나는 속 깊은 제안을 여러 모로 검토해보기로 했다

돈을 들여 찍은 시집을

시인이 수백 부나 구입해서 배포하고…

그렇게 배포한 시집은 아파트 분리수거함으로 직행한
다고

쓰레기를 나눠주는 꼴이라고, 설파한 글을 본 적이 있다

베스트셀러 시집을 낸 유명 시인 덕에

출판사가 건물을 샀다고 하고

그의 시집은 황금알을 낳는 거위처럼 자비 없이도 계속
출간되지만

어떤 시집은 수없는 저울질과 망설임 속에

늘 유기불안에 시달려야 하거니

시는 꽃이 되기를 바랄까, 돈이 되기를 바랄까

출판비용을 줄이기 위해

시 편수를 줄여야 한다는 말 앞에서

움츠려진 어깨 감추며 우두커니 생각한다

돈 앞에서 사람이 작아질 때

돈 앞에서 마음이 바뀌고 말이 바뀔 때

돈 앞에서 희망이 꺾이고 의지가 꺾일 때

시도 그만큼 작아지는 것일까

꿈과 이상도 그만큼 작아지는 것일까

인생만사도 그만큼 작아져서 영혼의 날개가 움츠려드
는 것일까

민낯을 숨길 수 없는 대자보처럼

돈이 시보다 꽃이 되고 아름다운 축포가 되는 시대
에……

어떤 페르소나

심오하게 살지도 못하면서

시로 심오한 척 하는 것보다

더 가증스럽고 우스운 것이 있을까

가면과 가면으로 만나는 가면 천지인 세상에서

시인 또한 가면을 쓰고 사는 건

너무 씁쓸한 일이다

살면서 가면을 한번이라도 더 벗을 수 있기를 바라며

시에게 무릎 꿇고 기도를 올린다

시여, 나의 모든 가면을 벗겨다오

세상의 모든 가면을 벗겨다오

숨겨진 치부와 허장성세(虛張聲勢)의 가식이 없는

민낯의 진실 속에 우리 다 함께 만날 수 있도록

빛의 속도로 서로의 가슴에 맞닿을 수 있도록